語文教學叢書

語文領域的創思教學

張春榮　著

自序

　　本書《語文領域的創思教學》以中文讀寫為領域，亦即中文創意學，係筆者自出版《創意造句的火花》（螢火蟲，2003）、《創思教學與童詩》（螢火蟲，2003）、《文學創作的途徑》（爾雅，2003）、《看圖作文新智能》（萬卷樓，2005）、《實用修辭寫作學》（萬卷樓，2009）以來，一直聚焦思索的議題，期能給「創思」一把梯子，給「創意」一座橋，給「創思教學」一扇窗；讓莘莘學子擁有創意的活水，執行的引擎；讓教師成為靈動指引的高手，日臻完善的達人。

　　「創思」是一種心態，一種歷程，亦是一種帶得去的能力；而「創思教學」不只是一門藝術，更是一門智慧。第一章〈語文創思的基本概念〉，針對「語言」（口語）、「文字」（書面語）的工具，掌握其「形、音、義」豐贍的物質性；針對「言語」的運用，掌握其高明轉化的辯證性；兩者無不挑戰語言文字的實驗空間、「形、音、義」的藝術極至，言語運用中「化不可能為可能」的絕佳高妙。於是在「工欲善其事，必先利其器」的深刻洞悉下，深知創思不是破壞，而是建設；不是解構，而是建構；只有跨越，才能超越；只有出位，才能入味；明確洞悉「不可以那麼寫」的邊界，才能揮灑「可以這麼寫」的極態盡妍，馳騁充滿活力之「限制的自由」。

　　第二、三章分別考察「閱讀」、「寫作」與語文創思的理論與實務。「閱讀」是心智的旅行，靈魂的壯遊，以讀者為中心，注重「理解」，更強調有感「悟讀」；寫作是語言藝術的魔術，心畫心聲的交

響，以作者為中心，注重「表達」，強調沾心煮字的「活用」，得以智珠在握，妙筆生花。第二章中，筆者依據布魯姆（B. S. Bloom）認知歷程，將閱讀分為「重點閱讀」、「精細閱讀」、「創思閱讀」三類；並以「圖文」、「古典詩」、「古典小說」、「電影」為例，演示不同「理解」的閱讀趣味；始於文字、文學的樂趣，終於詩性語言、閱世閱己的深味。在第三章中，筆者依據吉爾福特（J. P. Guilford）、托蘭斯（E. P. Torrance）的認知五力，爬梳寫作的五個向度、五個進階，以「諺語」、「網路用語」、「現代詩」、「現代散文」、「極短篇」、「最短篇」為例，剖析其中「表達」的精采所在，觀摩「創意能量」的竅門所在；讓語文創思寫作不再只是天馬行空的靈感，可望不可及；而是打破舊經驗、舊習慣、舊思維的新感性，展現「有想法，有方法，超有辦法」的具體實踐。

事實上，以創思為核心，「閱讀」與「寫作」正是「創意能量」同心圓的積澱與擴大。藉由閱讀可以帶動寫作（也可帶動「表演」），藉由寫作可以深化閱讀，兩者相輔相成；畢竟有閱讀的深度，才有思考的深度；有思考的高度，才有寫作的高度。在讀寫互動教學中，由「學」至「仿」，由「仿寫」至「改寫」、「創新」，無疑是語文創思的康莊大道，學用合一，相互激發，互為挹注，匯為源泉活水，循環增強，生生不息。

至於閱讀和寫作的關鍵能力，主要為「思維力」與「想像力」，如果說思維力是認知之樹，想像力則是語言藝術之花，兩者共同迎向湛湛藍天，迎向燦金陽光。第四章〈語文創思與思維力〉，借用波諾（E. d. Bono）「六頂思考帽」，檢視「白、紅、黑、黃、綠、藍」六色思考帽的運用。所謂六種顏色的思考帽，亦即「色彩思考學」（與「色彩心理學」相涉）；以「四加二」的組合方式，統攝垂直思考（「白、紅、黑、黃」）、水平思考（「綠」）、批判思考（「藍」），對寫

作時的立意取材、結構組織、遣詞造句,頗有助益。所謂「多一條思路,多一條出路」,多一頂思考帽,多一層的立意、結構,多一種造句的變化。第五章〈語文創思與想像力〉,根據亞里斯多德(Aristotle)「聯想三律」發展而出的「聯想四力」,以及果登(W. J. Gordon)「分合法」中的類比,考察想像力的虛實靈動之妙,並檢視想像力與認知五力、意象運用的變化之姿,進而對想像力中的「形文、聲文、情文」有更明確的把握。而其中創思教學策略,則以「腦力激盪」、「強迫組合」法為引導,加以設計,盼能在「看多、做多、商量多」中,相善觀摩,分析比較,力求突破,有所精進。

　　本書趁休假完成此課部分內容,首當感謝北教大語創所,二〇〇一年開設,時廖卓成教授擔任所長,讓筆者擔任「語文領域創思教學」的課程,得以在這塊綜合領域商量舊學,涵詠新知,斟酌損益,吐故納新。其次,感激國內外作家和學者的精采創作和高識洞見,讓筆者在創思教學的探索上,得以沿承拓植,整合歸納;而日碩、暑碩學生修此課者,勤於運用,讓筆者得以檢視反思,感念在心。復次,蕙珠在英美文學的長期挹注,多所啟迪;並參與本書詳加校對,感懷在心。又萬卷樓的全力配合,慨允出版,特此一併致謝。至於全書疏漏欠周之處,尚祈方家不吝指正是幸。

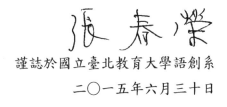

謹誌於國立臺北教育大學語創系

二〇一五年六月三十日

目次

第一章
語文創思的基本概念

一　創思與語文創思

　　「創思」（Creative Thinking）是「創造性思維」、「創造思考」的簡稱；而「語文創思」是「語文領域創思教學」的簡稱，落實在中文閱讀與寫作上。一般多與「創作」、「創新」、「創造力」交互使用，未嚴加區別。[1]然細加分辨，每一名詞的組合，各有重點。以「創作」為例，賴聲川即指出[2]：

創	作
構想	執行
想像力	組合力
靈感	製作
內容	形式
智慧	方法

「創」來自於生活，「作」來自於藝術；始於超常問題提出，終於超常問題的超常解決。同樣，針對「創意」一詞，「創意」是「有創有意」，「創」與「意」兩者差別如下：

1　張世彗指出：「『創造』含有促成某些事物出來，以及使某些事物新穎或原則；而『創新』則是改變或導入新的事物。」見其《創造力——理論、技術／技術與培育》（臺北：自印，2003年），頁7。
2　賴聲川：《賴聲川的創意學》（臺北市：天下雜誌公司，2006年），頁40。筆者將其表格化。

創	意
發想	完成
新視角	新意義
顛覆	建設
心態	能力
求變	求好

可見「創」是突破,「意」是超越;始於「前所少有」的開拓,終於「前所未有」的實踐;就語文而言,即表現在作品的創思生色上。

由此觀「創思」一詞亦然,力求「有創有思」,絕非無的放矢,虛晃一招;實則「有想法,有方法」的深思熟慮,劍及履及。就「語文創思」而言,實與以下四個觀念息息相關,自成連線,自成「辯證性」的動態思維歷程:

1. 創異
2. 創新
3. 創造
4. 創價

前者「創異」、「創新」,力求「新到讓人有感覺」,一新耳目;後者「創造」、「創價」,力求「好到讓人有感動」,提升境界;兩者相續相生,相反相成。

無可諱言,創思當如金字塔,要能博大要能高;立足於「知識」、「思維」、「想像」、「組合」的共構,展開由底向上、由內向外的「辯證性」開拓。而語文創思,即始於成熟的因,終於合理的果;由「有理不妙」($1+1<2$),提升至「有理而妙」($1+1=2$),終至「無

理而妙」（1＋1＞2）的高峰；體現王安石所謂：「恰似尋常最奇崛，成如容易卻艱辛」的飽滿喜悅，挑戰「陌生的熟悉」、「限制的自由」的新局，由「通」而「巧」而「妙」，綻放「前所少有」、「前所未有」的優質書寫。

　　職是之故，「語文創思」，自成一套語文領域創思教學系統；聚焦「認知、技能、情意」三者的相互挹注，統整妙用。就問題而言，始於「發現問題，提出問題」，終於「面對問題，解決問題」的有效完成；力求「創造性解決問題」的能力。其中就認知而言，注重「五力」：敏覺（Sensitivity）、流暢（Fluency）、變通（Flexibility）、獨創（Originality）、精密（Elaboration）；就情意而言，激發「四心」：想像（Imagination）、挑戰（Complexity）、好奇（Curiosity）、冒險（Risk Taking）；就批判而言，運用三寶：分析（Analysis）、綜合（Synthesis）、評鑑（Evaluation）；共構創思教學與創思學習的十二把金鑰。[3]

二　語文創思的工具

　　中國文化，最基本的單位是「字」，而意義最基本的單位是「詞」。因此，語文領域創思教學，無疑建立在「字」、「詞」符號的物質性上。

　　所謂語言文字的物質性，即建立在單字複詞的「形、音、義」上。今以「形、音、義」觀文字「六書」構造：

3　陳龍安：《創意的十二把金鑰匙：為孩子打開一扇新窗》（新北市：心理出版社公司，2014年），vii。

象形：形、義

指事：形、義

會意：義

形聲：音、義

轉注：義

假借：音

許慎《說文解字》計 9,353 字，會意字有 1,167 字，形聲字最多，共有 7697 字（約占百分之八十）；清代《康熙字典》計 47,035 字，形聲字共 42,300 字（約占百分之九十），[4] 由此可見中國文字「本身就是很美的畫面」（楊牧語），在創思書寫上，無不始終文字本身充滿「一形多音義現象」[5]，終於「形、音、義」三合一的綜合美感。

無可置疑，語言文字是反映心智的最佳鏡子，更是日積月累生生不息的流動長河；有其指涉性，更有其多義性。似此「倉頡所造許慎所解李白所舒放杜甫所旋緊義山所織錦雪芹所刺繡的中文」（余光中〈金陵子弟江湖客〉），在符號的多重意義中，自成延異脈絡；有危機，有轉機；奕奕揚輝，歷久彌新，跨越今古。

語言文字，只有今古，沒有死活。擅用者食古而化，食今能融，汲古潤今；所有雅俗語言，文言文話，均成栩栩如生的豐沛能量，充滿「任意性、武斷性、變易性、變異性」的無限可能；在「形合於音，音合於義」的結合體現中，綻放「有看頭、有聽頭、有想頭」的語言藝術之花。圖示如下：

4　許明申：《趣味漢語》（長沙市：湖南大學出版社，2004年），頁124-129。

5　裘錫圭：《文字學概要》（臺北市：萬卷樓圖書公司，1991年），頁287。

　　形：看頭（視覺）（意象）

　　音：聽頭（聽覺）（韻律）

　　義：想頭（心覺）（主旨）

　　大抵由文字「形、音、義」出發，積字成句，積句成段，積段成篇，智珠自握，神明變化，邁向文學的「形文」、「聲文」、「情文」，此即劉勰所謂：

> 立文之道，其理有三：一曰形文，五色是也；二曰聲文，五音是也；三曰情文，五性是也。……故情者，文之經；辭者，理之緯；經正而後緯成，理定而後辭暢，此立文之本源也。（《文心雕龍·情采》）

文中「形文」即意象，空間畫面的顯影；「聲文」即節奏韻律，時間流動的音響；「情文」即主旨，意義世界的探索。換言之，語文創思的書寫歷程，始於思想找到情感，情感找到聲音，聲音最後找到畫面；馳騁意象繽紛美感，共譜多音和諧音感，折射多層意義的質感。

　　由上觀之，「形文」屬於想像系統，聚焦意象的「密度」；「聲文」屬於聲音系統，講究節奏的「速度」；「情文」屬於思維系統，探索意義的「深度」。運用在創作上，由文字「三性」至文學「三文」，歷來沾心煮字，妙筆生花，明顯進路有三：

> 第一、由形而義，藉由繪畫性，展開「形文」與「情文」的連結，形塑想像力與思維力的變化之美。
>
> 第二、由音而義，藉由音樂性，展開「聲文」與「情文」的連結，形塑音感與質感的精緻之美。

　　第三、由義兼形、由義兼音，藉由意義性，展開「情文」與
「形文」、「情文」與「聲文」的連結，共構娛心娛目、悅心悅
耳的穿透力與感染力。[6]

可見語文創思是充滿活力的語言建構，開拓文字符號（「能指」、「所
指」）的審美視野，挑戰文山字海新感性（「視覺」、「聽覺」、「心
覺」）與新知性（「知識」、「通識」、「見識」）的實驗空間。
　　茲以「婚姻」為例，由形而義，由形文而情文，可造句如下：

1. 婚姻像旅行，可是有兩個導遊。（官志城）
2. 婚姻是「琴棋書畫詩酒花」加「柴米油鹽醬醋茶」。（錦池）
3. 結婚像開車，要懂得拉檔。平地用一檔，上坡用四檔，下坡時
　　要注意踩煞車。（網路）

三例均自譬喻提出見解，第一例強調「兩個導遊」必須彼此讓步，看
是由誰主導；畢竟「有妥協才有和諧」。第二例指出婚姻的浪漫與寫
實，有玫瑰的美感，更有麵包的質感，要全幅承擔，第三例提醒「小
心駛得萬年船」，婚姻亦然，要「停看聽」，要隨時調整，注意眼前路
況。反觀由音而義，由聲文而情文，則有不同造句，如：

1. 幸福的婚姻都一樣，不幸的婚姻千百樣。（托爾斯泰）
2. 十年修得同船渡，百年修得共枕眠，千年修得來生緣。（諺語）
3. 遇上你，是緣分；愛上你，是福分；守著你，是本分。（網路）

6　形（shape）、音（sound）、義（sense）三者關係，另參張春榮：《實用修辭寫作學》
　　（臺北市：萬卷樓圖書公司，2009年），頁9。

三例均自類字的音樂性展開體現。第一例對比婚姻的天壤之別，尤其「不幸婚姻」往往匪夷所思。第二例自遞升中述說「結髮為夫妻」的難得，自應珍之惜之，相知相守。因此第三例亦自遞升中強調有緣相見，有福相愛，更要有本相守，才是完美，才是完善。

今試揆古今文論，莫不自「形文」、「聲文」、「情文」的有機組合加以揭示。如：

1. 為文者八。曰：神、理、氣、味、格、律、聲、色。（姚鼐《古文辭類纂·序》）

2. 我所期待的散文，應該有聲，有色，有光；應該有木簫甜味，釜形大銅鼓的騷響，有旋轉自如像虹一樣的光譜，而明滅閃爍於字裏行間的，應該有一種奇幻的光。一位出色的散文家，當他的思想與文字相遇，每如撒鹽於燭，會噴出七色的火花。（余光中《左手的繆思·後記》）

姚鼐所謂「神、理、氣、味」即情文，「格、律、聲」即聲文，「色」即「形文」；其中情文占八者之半，可見在語言之姿中生命境界的重要，由內而外，不言可喻。至於余光中所謂「有聲」是聲文，「有色」是形文，「有光」是情文，語言之姿（包括「形文」、「聲文」）與生命之姿（「情文」）兩者完美結合，才是現代散文書寫的極至。是故余光中自謂：

在《逍遙遊》、《鬼雨》一類的作品裏，我倒當真想在中國的文字的風火爐中，煉出一顆丹來。在這一類的作品裡，我嘗試把中國的文字壓縮、槌扁、拉長、磨利，把它拆開又拼攏，折來且疊去，為了試驗它的速度、密度，和彈性。我的理想是要讓

> 中國的文字，在變化各殊的句法中交響成一個大樂隊，而作家
> 的筆應該一揮百應，如交響樂的指揮杖。(《逍遙遊‧後記》)

分明自「鍊字」、「鍊句」、「鍊意」中刮垢磨光，挑戰意象的畫面（形
文）、節奏的音響（聲文）、文意的主題（情文）；讓文字由「有意
義」，提升至「有意味」、「有意思」多義內蘊，將語文「工具」的嶄
新可能、實驗空間發揮至無以復加的極限。

三　語文創思與語感

　　語感是對「語言文字運用」的素養，其中包括對「語言文字運
用」（「言語」）的感知、直覺，由有意義的學習，至有意思的開創。
李海林指出：

> 語感過程是一種創造過程，一種「表現」過程，而不是「再
> 現」過程，不是對言語材料意義的簡單的直接的「反映」，它
> 是一種重新的構造。所謂語感，就是建立在言語材料意義基礎
> 上的主體內部的言語創造。[7]

可見語感，不只是直接的「反映」，更是豐富的「反應」；不只是常識
的感知、知識的察覺，更是見識的感悟；在一連串有意義的學習中，
展開「積澱、遷移、同化、變異、創意」的動態建構過程，形塑環環
相生、漣漪陣陣的同心圓，循環擴大。如圖：

7　李海林：《言語教學論》（上海市：上海教育出版社，2000年），頁234-235。

而在語感的動態建構中，往往遮蔽與敞開並存，限制與自由共顯，精神牢籠與存在家園相融，既肯定又否定，展現語感的深刻辯證[8]，呈現語感的四個特徵：

1. 感性與理性的統一
2. 個人性與社會性的統一
3. 科學性與人文性的統一
4. 繼承性與創造性的統一[9]

自感性與理性的統一中，洞悉水平思考與垂直思考的相反相成；自個人性與社會性統一中，深知文化制約，語體情感色彩的褒義與貶義；自科學性與人文性的統一中，掌握「議論、敘事、抒情」的邏輯規範與超常變異；自繼承性與創造性的統一中，照見「意象、韻律、主題」的繼往開來，取法乎上，有所法而後能；取法乎眾，有所變而後大；綻放因舊生新，汲古潤今的創造活力。

　　今以書名為例，將原名與改作並列如下：

1. 葡萄紫了（王鼎鈞散文集）
　 葡萄熟了（改作）

8　馬大康：《詩性語言研究》（北京市：中國社會科學出版社，2005年），頁20。
9　王尚文：《語感論》（上海市：上海教育出版社，2000年），頁35-62。

2. 白色巨塔（侯文詠小說）

  白色醫院（改作）

3. 金鎖記（張愛玲小說）

  拜金記（改作）

4. 誰在銀閃閃的地方，等你（簡媜散文集）

  誰在銀髮的地方，等你（改作）

5. 月升的聲音（顧筆森小說）

  月起的聲音（改作）

6. 不遠的遠方（凌明玉散文集）

  接近的遠方（改作）

7. 我在離離離島的地方（苦苓散文集）

  我在偏僻離島的地方（改作）

前三例是形感以美目。「葡萄紫了」將「紫」當動詞用（「轉品」），突顯色彩意象；若取名「葡萄熟了」則是一般生活語言。第二例「白色巨塔」，「巨塔」是高聳沉重的仰望意象，反觀「白色醫院」只是一般口語的敘述。第三例「金鎖記」既指手腕上的金鎖，並象徵一生為金錢鎖住，無法脫離，反觀「拜金記」只有對金錢臣服的意思，少了形感的雙重指涉。另如張愛玲中篇小說取名「怨女」，則直接點明，未有想像空間。至於後四例是音感以悅耳。第四例以「銀閃閃」借代「銀髮」，疊字「閃閃」帶出亮麗音感。第五例「月升的聲音」中，「升」、「聲」疊韻，增添和諧效果；改為「月起的聲音」，「起」和「聲」，未有疊韻效果。第六例「不遠的遠方」，藉「遠」類字重出，強化節奏；若改為「接近的遠方」，節奏頓時鬆弱，未見藝術加工之美。第七例藉「離」的疊字、頂真，強調離得很遠，非常偏僻；相對於取名「我在偏僻離島的地方」，多了聲音的美感。

　　其次，由於中文同音字多，因此對於「形感」、「音感」、「義感」間的變化，宜在口誦心維中，細加考量。以「命名」為例，有些名字「形感」、「義感」甚佳，但「音感」流於負面。如：

　　1.楊偉（諧音「陽痿」）

　　2.孟怡（諧音「夢遺」）

　　3.夏健（諧音「下賤」）

　　4.史健仁（諧音「死賤人」）

　　5.梅仁耀（諧音「沒人要」）

　　6.傅布祥（諧音「父不詳」）

　　7.廖詩勁（諧音「尿失禁」）

　　8.陶仁彥（諧音「討人厭」）

　　9.李夕鶴（諧音「你死好」）

　　10.宋藏德（諧音「送葬的」）

　　11.于為文（諧音「魚尾紋」）

　　12.魏笙綿（諧音「衛生棉」）

　　13.范堅強（倒過來看「強姦犯」）

凡此「音感」上會產生負面的聯想，我輩在命名時宜多加斟酌，不能只顧「形感」、「義感」，而忘了「音感」，讓晚輩名字變成取綽號、開玩笑的對象。還好現在戶政比較便民，一個人一生可以陳述理由，改三次名字。

　　復次，對於語言文字的「感情色彩」、「約定俗成」的褒貶，宜有正確認知，敏銳感受。以取店名為例，如：

　　1. 酒肉朋友（餐飲）

2. 出一張嘴（餐飲）

3. 罄竹難書（書店）

4. 破銅爛鐵（古董）

5. 山高水長（花店）

6. 怪力亂神（按摩）

乍看似乎引人注意，但「酒肉朋友」一般是貶義，不如「近悅遠來」有正面色彩。「出一張嘴」也是對男人的貶詞（「男人不要只出一張嘴」），此店開在和平東路，後結束營業。「罄竹難書」看似有創意，把「書」放在裡面，但「罄竹難書」四個成語已成「罪過不可勝數」的貶義，委實不妥。若欲發揮命名巧思，倒不如結合「字形」，增強視覺印象。如：

1. 磊磊石藝社

2. 鑫鑫五金行

3. 轟轟汽車廠

4. 森森木材行

5. 淼淼水族館

即將店的特色表現在「字形」命名上，讓人一目瞭然，過目不忘。而第五例「山高水長」一般用在送葬輓聯，年長者頗為忌諱。第六例「怪力亂神」看似特殊，但四個原本的固定語義是貶抑（「子不語怪力亂神」），用在按摩店仍非穩妥。

最後，攸關譯音，尤其在中英文「語言系統的轉換」的變化，更可見「音感」、「義感」的拿捏與素養。以中文名字英譯為例，如：

1. 孔仲尼（Johnny Kong）
2. 杜子美（Jimmy Tu）
3. 韓昌黎（Charlie Han）（余光中《青銅一夢‧戲孔三題》）

孔子，字仲尼；杜甫，字子美；韓愈，字昌黎；這樣的譯名，聲音相諧，極具創意巧思，並見語言系統轉換中的敏銳音感。以國臺語間的音譯轉換為例，如：

1. 香格里拉（國語）
   誰叫你來啦（臺語）
2. 蘇格拉底（國語）
   輸到落底（臺語）
3. 柴契爾（國語）
   菜市啊（臺語）
4. 外國汽車（國語）
   歪戈棄差（臺語）

可說諧音雙關，博君一笑。但運用在寫作時，宜加上引號，表示「特別用意」、「特殊用法」，與原本地名、人物、交通工具的指稱不同，避免混淆。

四　語文創思與轉化

就縱的繼承而言，中文語感主要以「文言」（古代書面語）、「白

話」（現代口語）為主流[10]，其中文言和白話，兩者只有文字載具的差異，並無文學載體的不同；只有語感的差異，並沒有語言文字「藝術加工」的不同。

以古典散文而言，力求形感的動態畫面，和現代散文一致。如：

1. 王子皇孫，辭樓下殿，輦來於秦。（杜牧〈阿房宮賦〉）
   王子皇孫，辭樓下殿，被輦於秦。（改作）
2. 回顧乳者劍汝而立於旁。（歐陽修〈瀧岡阡表〉）
   回顧乳者抱汝而立於旁。（改作）
3. 潭中魚可百許頭，皆若空游無所依，日光下澈，影布石上。（柳宗元〈至小邱西小石潭記〉）
   潭中魚可百許頭，皆若漫游無所依，日光下澈，影布石上。（改作）

第一例中「輦」，是皇族貴族坐的車子，此處化被動為主動，以反諷口吻極寫近悅遠來的熱鬧場景。王鼎鈞謂：

> 這些本來坐輦的人，現在被強秦運到阿房宮裡來為征服者增添快樂，沒有自己的人格。用一「輦」字，就不必說得那麼露骨。如此用法，古人叫「鍊字」。[11]

似此「鍊字」即「形感」的塑造、意象視角的運用，畫中有話，婉曲敘述，展現語言文字的藝術特色。

---

10 曾祥芹主編：《文章閱讀學》（鄭州市：大象出版社，2009年），頁52-53。謂現今語感包括：一、白話與文言；二、中文和外文；三、自然語和人工語；四、普通話和專業語；五、網路語言。
11 王鼎鈞：《古文觀止化讀》（臺北市：爾雅出版社，2013年），頁218。

　　第二例中「劍」字，歐陽修初稿原作「抱」，後改「抱」為「劍」的擬物（物性化），極其鮮明描繪嬰兒包紮的尖直形狀；並將「劍」轉品（名詞兼動詞），動感呈現乳母挾抱嬰兒的情景。至於第三例，柳宗元善於觀察，體物入微。文中「空游」二字，寫出如入無人之境的自在飄浮，像在空中游動。反觀改作「漫游」二字，彷彿隨意走走，走走停停，則沒有「空游」瞬間飄浮的畫面來得靈動。

　　同樣，古典散文的音感，力求「音義」相諧的悅耳悅心，與現代散文相同。如：

1. 不戚戚於貧賤，不汲汲於富貴。（陶潛〈五柳先生傳〉）
  不汲汲於貧賤，不營營於富貴。（改作）
2. 六王畢，四海一；蜀山兀，阿房出。（杜牧〈阿房宮賦〉）
  六王滅畢，四海統一；蜀山兀立，阿房蓋出。（改作）
3. 夫天地者，萬物之逆旅；光陰者，百代之過客。（李白〈春夜宴桃李園序〉）
  天地，萬物逆旅；光陰，百代過客。（改作）

第一例中，二句為戰國齊人黔婁（號黔婁子）名言，「戚戚」、「汲汲」同為疊字，兩疊字並兼疊韻，讀來特別聲情相諧，琅琅上口。反觀改作「汲汲」、「營營」僅見疊字，未能再兼疊韻，自然沒有原作精采。第二例為〈阿房宮賦〉開門見山的名句，一開始以三字短句、四句排比單刀直入，點出阿房宮的建造，振起全文，特別鏗鏘有力。尤其兼押入聲韻（「畢」、「一」，「兀」、「出」），將沉沉歷史慨嘆、哽噎心境，噴薄而出。反觀改作，全用四字排比，猶如成語，讀來規矩持平，但昂揚躍動的力道消失殆盡，無法和原作相抗衡。

　　第三例為李白〈春夜宴桃李園序〉破題四句，即事抒懷，興發感

動，觸緒紛來。李白以「夫」、「者」（兩次）、「之」（兩次）虛字，用來調整節奏，從容行氣，讀來平仄相替，搖曳生姿，洋溢明朗輕快的情緒。反觀改作，實字健句，緊迫急促，彷彿比賽時爭分奪秒，快問快答。針對比，王鼎鈞指出：

> 夫，者，之，沒有這三個字仍然可以表達原來的意義，只是影響了語氣節奏。現代的白話文學在這方面仍然注意講究。[12]

可見聲音是有表情的，虛字可以點染氣氛，有輔助功能。文言如此，白話亦然，均要講究「虛實之間」、「變化與統一」的音感之美。

由上觀之，文言語感，古典書寫，自有其「神理氣味格律聲色」的精采；面對相同題材，相似語境，由文言語感轉至白話語感，絕非「稀釋」的直接翻譯，而是高明的轉化，充滿現代語境的「再造性」、「創造性」書寫。其中進路有二：

1. 跳出古典詩文的美感，化傳統意象為現代新感覺，舊韻律為新律動，綻放現當代詩文的新感性。
2. 活用古典詩文，化舊題材為新思維，舊經驗為新詮釋，開創現當代文學的新魅力。[13]

當然所謂的「新」，並非刻意標新立異，而是「新的自然有理」、「新的可愛有趣」[14]，天然萬古新的有滋有味。

---

12 王鼎鈞：《古文觀止化讀》（臺北市：爾雅出版社，2013年），頁11-12。
13 張春榮：《現代修辭學》（臺北市：萬卷樓圖書公司，2013年），頁141-144。
14 董崇選：《文學創作的理論與班課設計》（臺北市：黎明文化公司，1990年），頁12。

　　同樣以古典散文為例，如「心機震撼之後，靈機逼急而通，而智慧生焉」（袁中道〈陳無異寄生篇序〉）三句，轉化成現代白話，可以展現「由形而音」、「由意而義」不同「再造性」、「創造性」的現代語感。如：

（一）由形而音

1. 好種子不怕土硬，酒好不怕巷子深。（諺語）
2. 生命的紅酒永遠榨自破碎的葡萄，生命的甜汁永遠來自壓乾的蔗莖。（張曉風）
3. 困難是磨刀石，要把你磨亮，不是要把你磨碎。（沈香）

（二）由音而義

1. 過去最苦的時候，我們都沒自殺，如果還有更苦的，我倒要看看那是什麼？（電影《赤線地帶》）
2. 有那麼一絲希望在，人承受災厄，困難的潛力立即增強。（簡媜）
3. 痛苦使人沉思，沉思使人智慧，智慧使人對生活比較易於忍受。（周夢蝶）

第一在形、義結合上，明顯以譬喻意象（「好種子」、「好酒」、「磨刀石」）、物性化意象（「生命的紅酒」、「生命的甜汁」），展現白話書寫的新感性。第二在音義結合上，第一例以提問，面對「更苦」的挑戰；第二例以堅持希望，強化生命的逆增上緣；第三例以層遞推論「痛苦」、「沉思」、「智慧」三者的關係，於是在反思批判中「想得深，想得遠，想得開」，自能淡然處之，泰然處之。似此嶄新語感，各有體現，各有語言藝術的加工。

　　其次以古典詩為例，將古典詩句改為現代詩，是文本互涉的再造性。如：

　　1. 兩山排闥送青來。（王安石〈書湖陰先生壁〉）
　　2. 孤帆遠影碧空盡。（李白〈送孟浩然之廣陵〉）

經由現代詩人妙手，另有新的理解、新的表現。如：

　　1. 青山一腳把門踢開，把青色
　　　　把青色噴在你臉上（余光中）
　　2. 孤帆越行越遠，越小
　　　　　　及至
　　　　　　更小
　　　　　及至一隻小小水鳥
　　　　　橫江飛去（洛夫）

就形感而言，第一例余光中將「青山」擬人，並輔以誇飾動作，聳人聽聞，寫出視覺震憾。第二例洛夫將送別畫面加以層層逼進，化「碧空盡」的靜靜渲染，為遠方「一隻小小水鳥／橫江飛去」的視覺逗留與凝視沉思，餘波蕩漾。就音感而言，余光中、洛夫分別化七言絕句的韻律，為現代詩「跨行」、「斷句」的鮮活節奏，翻新語感，兩人改寫之作確實予讀者前所未有的「驚喜」之慨。

　　綜上所述，就歷時性而言，可見語文創思中的轉化，是古典文言語感的繼承與創發，亦是語文創思中生生不息，薪火相傳「積澱、遷移、同化、變異」的開拓向度，古典是永遠的現代，現代是未來的古典；進而結合現代白話，加工提煉，展現「語言鍊金術」與「文字魔法書」的迷人魅力。

　　至於現代白話語感，既有「縱的繼承」的古典文言，又有「橫的移植」的西洋語法，如何以古典文言的雅正，濟現代白話的直淺，化「西而不化」的西洋語法，為「西而化之」的精簡有力[15]；去語言癌、文字土石流為「雅俗相濟」鮮活多樣的現代語感，化語言文字的危機為源源不絕的生機，亦是現今語文教育的重要課題。

五　語文創思的教與學

　　語文創思的教與學，是師生不斷調整不斷修正的演化；在互動交流中，評鑑創思，共同呈現臻美臻善的「螺旋形前進」，此即諺語所云：

　　1. 至善者，善之敵也。（西諺）
　　2. 沒有最好，只有更好。（中諺）

因此，在語文創思教學中，即使不能當下臻及完美完善，但師生在追求實踐過程中，將層樓更上，有所超越，調適上遂，力求精進，邁向創思的嶄新樂趣。

　　其次，論及語文創思的教與學，中外名家，分別有所指點，值得取法，如：

　　1. 在修辭方面若想能做到完美，也就像在其他方面要做到完美一樣，或許——無寧說，必然——要有三個條件：第一是天生來

15　余光中：〈中文的常態與變態〉、〈白而不化的白話文〉，見其《從徐霞客到梵谷》（臺北市：九歌出版社，1994年），頁237-284。

就有語文的天才；其次是知識；第三是練習。[16]（柏拉圖〈裴德若篇〉，亞里斯多德語）

2. 永叔謂為文有「三多」：看多、做多、商量多也。（陳師道《後山詩話》，歐陽修語）

可見教學重點，貴於博觀約取，不在記憶力的背誦，而在含英咀華，「理解」後的創造力；不在空談理論，而在具體實務的演練。不但注重實作「練習」，更注重「從做中學」的「商量多」（分析、綜合、評鑑）。語文創思教師本身，除了具備「三 P」（Profession、Passion、Patience）外，更要很有想法（Know What）、很有方法（Know How）、超有辦法（Know Why），讓陳述性知識（What），提升至程序性知識（How）、條件性知識（Why）；再三考量創思策略的引導與激活，給創意一把梯子，爬上語文藝術的新境；給創意一條橋，可以跨越語文視野的新世界；熟能生巧，巧能生精，讓莘莘學子在文本互涉中綻放創意的火花。

至於在語文教學中最有效的方法，最能激發莘莘學子創思的策略，當推比較法與重組法。

（一）比較

比較是一種批判，一種評鑑；藉由比較，最能察其異同，辨其幽微，見其優劣，建立客觀評鑑與深度理解。以電影片名為例，如：

1.《橘子紅了》
2.《大紅燈籠高高掛》
3.《那山那人那狗》

---

16 朱光潛譯：《柏臘圖文藝對話集》（臺北市：元山書局，1986年），頁212。

4.《看見台灣》（Beyond Beauty）

5.《明天過後》（The Day After Tomorrow）

6.《翻滾吧，阿信！》

第一例《橘子紅了》，充滿色彩意象，「紅」代表「幸福」，猶如
「橘」和「吉」同音；但「紅」在劇中最後秀禾懷孕生產血崩，變成
災難。第二例充滿「紅燈籠」在藍沉沉大宅院的「驚心」意象，再加
上「高高」疊字，聲情相諧，絕對比蘇童小說《妻妾成群》畫面生
動，悅耳出色。第三例呈現「山、人、狗」的隸屬關係，藉由「那」
類字三次重出，片名六字讀來鏗鏘有力；若直接取名《山、人、
狗》，鬆軟平常，較難引人注目。第四例為齊柏林所拍的紀錄片，片
中看見臺灣的美麗，也看見臺灣嚴重破壞的鄉愁；既有想像不到之
美，亦有想像不到之傷口；片名四字，後面猶如加刪節號，浮升著婉
曲與反諷。第五例西洋片，片名充滿空白的想像空間，絕對比《後
天》的翻譯，更耐人尋味。第六例國片，以倒裝句法帶來強勁節奏，
比《阿信，翻滾吧》來得生動有力；當然更比《滾吧，阿信！》的斥
責更來得立意精確。《滾吧，阿信！》四字是喪家之犬的負面雙關，
毫無翻轉命運的深刻上揚。
　　同樣，以「光說不做」的批判為例，可以比較「形音義」的藝術
加工。如：

1 由形而義[17]

　　（1）言論的花開得愈大；行為的果子結得愈小。（冰心）

---

17 所謂「形文」，包括電影中鏡頭（如：特寫、蒙太奇、視角等）、意象（如：單一意
　　象、複合意象、意象群、意象系統等）；在辭格中，依序包括譬喻、轉化、誇飾、
　　借代、示現、象徵，兼及移覺、轉品。

（2）口水灌溉的土壤，開不出豐美的果實。（秋實）

（3）思想的巨人，行動的侏儒。（秋實）

（4）嘴巴的革命家，行動的殘障者。（秋實）

（5）說話一條龍，做事一條蟲。（諺語）

（6）講到一畚箕，做到一湯匙。（諺語）

2 由音而義[18]

（1）口碑是最大的獎杯。（廣告）

（2）臭鴨蛋，自誇讚。（諺語）

（3）蔣幹！蔣幹！光講不會幹！（相聲瓦舍）

（4）他只會「畫老虎」、「畫蘭花」。（諺語）

（5）講得驚死人，做得笑死人。（台諺）

（6）講到千萬條，要抓沒半條。（台諺）

可以讓莘莘學子分析優劣，比較其中差異。第一組「由形而義」，注重意象的譬喻與轉化。第一、二例是擬物，強調「坐而言，不如起而行」、「口水不如汗水」；第三、四則是擬人，斥其表裡不一，言行相悖；第五、六例譬喻，結合映襯對比，誇張呈現。

反觀第二組「由音而義」，特顯聲情相諧之美、第一、二例，以押韻生色；第三、四例，以雙關見趣；「蔣」與「講」諧音，「虎蘭」即台語「唬爛」諧音；第五、六類，以類字重出，強化節奏，帶出主題。

事實上，若論及「分優劣」，第一組當以冰心意象最鮮，語淺意

---

18 所謂「聲文」，包括散文之節奏（如：輕重、長短、疏密、緩急、重疊、錯綜等）、詩歌之韻律（內在韻律、外在韻律）；在辭格中依序包括類疊、雙關、對偶、排比、頂真、回文，兼及倒裝、錯綜。

豁，意象清新。第二組當以第一例廣告詞最勝出。若流於畫餅充飢的
高手，紙上談兵的才子，望梅止渴的將軍，具體行動的矮子，均無濟
於事；只有說行合一，誠信待人；做出信譽，做出口碑，才能挑李不
言，下自成蹊。

（二）重組

重組是一種再創造，一種新創造；主要「以新的方式組合」、「組
合出新的關係」，實與符號學中「文學是符號系統之間的關係的建構」
相涉，亦即「選擇軸」（selection）、「組合軸」（combination）兩大關係
的運用。[19]。饒見維特別將「重組」分成「重組」、「結合」兩大類：

1 重組

舊元素，重新組合，重新排列，排出新結構。

2 結合

新元素（兩個或兩個以上本來不相干的概念），嶄新組合，嶄新排
列，排出新結構。[20]

其中以「重組」的創思，較為容易，也較為常見。當舊元素碰到新位
置，便產生新的變化、新的張力、新的意義。以慈濟證嚴法師《靜思
語》、諺語為例，如：

---

19 高辛勇：《形名學與敘事理論：結構主義的小說分析法》（臺北市：聯經出版事業公
司，1987年），頁71-72。
20 饒見維：《創造思考訓練：創思的心理策略與技巧》（南京市：南京大學出版社，
2007年），頁71-72。

1. 慈悲沒有敵人，智慧不起煩惱。(《靜思語》)
2. 酒逢知己千杯少，話不投機半句多。(諺語)

經重組後，改變語序位置，則產生新的關係，呈現與原來迥然不同的意義，如：

1. 敵人沒有慈悲，煩惱不起智慧。
2. 酒逢千杯知己少，話不半句投機多。

第一例原作指出「慈悲」、「智慧」的境界，因平等心而無敵人，因戒定生慧，無「貪瞋痴」的煩惱；經重組後，變成批評一般人的缺失，與人為敵，心無慈悲；陷溺煩惱，無法與智慧接軌；兩者立意，有天壤之別。第二例原作指出「喝酒」之道，在於得趣得味，暢飲暢談；今重組之後，「喝酒」變成無趣無味，掃興之至，缺乏知音，談者盡投機客；實由天堂掉落地獄，開高走低，失望透頂。

又如圖文組合，「當愛來的時候」藉由字的不同排列，藉由背景的新連結，可產生新的寓義。如：

1. 當 ❧ 來的時候
2. 當愛 來的時候
3. 當愛來的時候

第一例「愛」字顛倒，指出「愛」並非溫暖浪漫，而是殘酷凌遲，充滿障礙，充滿遺憾；亦可指「愛到」來的時候；猶如過年時「福」貼顛倒，表示「福到」。第二例的「愛」是簡體字，簡體字的「愛」沒有「心」，無法用「心」感「受」，則是「以愛之名，行無心之實」的反諷與批判。第三例連結黑色背景，特別強調身處黑暗境遇，對

「愛」的深切體會；從黑暗之中湧現的「愛」，猶如天際一道陽光，給人刻骨銘心的感受，彌足珍貴，令人熱淚動容。

當然，不同的組合，不同顏色的調動，有時點金成鐵，形成破壞。如貓熊圖形：

原本憨厚可愛，笨拙討喜。今將其「黑」「白」完全顛倒，重新組合[21]：

則頓時變成不搭突兀，嘿嘿冷笑，和原作相對，雖萌態全無，然別見另類新趣。

綜上所述，相信經由教師「語文創思」的精心研發，專業引導，熱情啟迪；依「認知、技能、情意」的教學目標，循序漸進，諄諄善誘，必能取精用宏，突破開拓；由第一層「吃桑葉，吐桑葉」的被動學習，升級為第二層「吃桑葉，吐絲」的消化貫通，終至第三層「吃

---

21 以上二圖由萬福國小鄭雅芬老師繪製。

桑葉，噴出彩霞」的激發創意，無疑是語文創思教學中最大的回饋，最燦爛的掌聲。

針對語文教育，作家張大春提出建言：

> 語文教育不是一種單純的溝通技術教育，也不只是一種孤立的審美教育，它是整體生活文化的一個總反應。我們能夠有多少工具、多少能力、多少方法去反省和解釋我們的生活，我們就能夠維持多麼豐富、深厚以及有創意的語文教育。[22]

強調語文教育的核心，在於與整體文化與現代生活真切融合，自深度浸染的含英咀華中，得以「豐沛輸入，精采輸出」；在符號的「延異」「difference」中，產生歧義，形成差異；得以開拓語言文字的物質性與實驗性，注重思維力與想像力的躍進與飛越，強調創思教學策略的激活，形塑深刻的批判性與創造性；為當代文化注入新活力、新內涵、新意義，當為語文創思教學的理想目標。

誠如培根所云：「閱讀使人豐富，寫作使人精準」（《培根論文集》），據此類推，則是「創思使人開闊，創思教學使人成熟」。經由語文教師不斷學習（「閱讀是終身的承諾」）、具體實踐（「寫作是一生的志業」），真積力久，懷瑾握瑜，將自機動調整策略中，與創思拔河，拔出一條源源不絕的文學之河；與創意飛翔，飛翔在古典與現代的文化原野，奔向臻善臻美的天際地平線，沒有終點。

畢竟問題有多大，世界就有多大，機會就有多大；矛盾越多，困境越險，創意的激發越強。師生只有在「三動」（「主動」、「行動」、「感動」）的熱力四射中，跨越跨界，不畏新，不避新，追求卓越，追求創思教學的多元智能與趣味。

---

22 張大春：《認得幾個字》（新北市：印刻文學生活雜誌出版公司，2007年），頁61。

第二章
語文創思與閱讀

一　閱讀

　　如果說「閱讀」是在沃土埋下種子，「語文創思」就是智慧的園丁，讓種子發芽開花，結出纍纍果實；如果說「閱讀」是不同食材的輸入，「語文創思」就是中央廚房的綜合妙用，推出一盤盤色香味俱佳的創意料理；如果說「閱讀」是在知識之塔的攀爬，「語文創思」就是塔上的燈光，照亮平常看不到的遠方，照見四周未曾企及的夜空美景。

　　無可置疑，「閱讀使人博學，討論使人敏捷」（培根《培根論文集》）；語文創思中的閱讀，貴於博觀約取，拓植精進；在質量俱進中，化閱讀素養為深刻理解，轉深刻理解為創作能力；打通讀與寫的任督二脈，翻轉「抓重點，學深刻」的消化吸收，一躍而為「用精妙，創新局」的優質書寫。

　　閱讀的重點，在於廣「閱」精「讀」；始於「擷取訊息」、「廣泛理解」，次於「發展解釋」，終於「省思與評鑑」（PISA 閱讀歷程）；得以洞悉歧義，辨別差異，探索多重意義。以「閱」字為例，即可有以下「同音」的理解：

依「同音」順時針加以解讀，真正閱讀是打開內心的愉悅之讀；閱讀是日積月累的「浸染」與「素養」，無法速成；經典之作如大山，閱讀是靈魂的壯遊，始見天地之大，奧妙之奇；閱讀是對自己的超越，看見更高更遠的視野；終至閱讀的純粹「快樂」[1]，有所批判，有所創造；由最早的「喜悅」到最後的「樂在其衷」、「樂在其中」，無疑是「感性」、「知性」、「悟性」之旅的美好循環。

至於面對任何文本的閱讀欣賞，迄今已由「以作者為中心」（作者論），發展至「以作品為中心」（作品論），終至「以讀者為中心」（讀者論）的創造性閱讀。因此，在創造性閱讀上，除了「歧義」的辨析之外，進而能把握核心主題，闡釋「多義」內蘊，則為語文創思的閱讀指標所在。俄國形式主義姆卡羅夫斯基謂：

> 一部文學作品「多義」與「歧義」的可能性常常成為該作品文學性高低的指標或準繩。[2]

所謂「歧義」，是字詞聲音聯想（包括「雙關」）的局部新趣，「多義」是整體主題（包括「象徵」、「婉曲」等）的綜合深味；則是創思閱讀時「知人論世」、「以意逆志」之餘的「限制自由」，能展開自主性的詮釋；與一般「吃桑葉，吐桑葉」的被動閱讀不同。

---

1 培利‧諾德曼著，劉鳳芯譯：《閱讀兒童文學的樂趣》（臺北市：天衛文化圖書公司，2000年），頁36-37。指出文學的樂趣有十九種。
2 高辛勇：《形名學與敘事理論：結構主義的小說分析法》（臺北市：聯經出版公司，1987年），頁44。

二　閱讀教學進階

　　就閱讀教學而言，時不分古今，地不分中外，學齡不分小學、國中、高中、大學、研究所，無不回歸三大目標：

（一）認知：知識取向
（二）技能：審美取向
（三）情意：規範取向

就語文創思而言，始於「認知」之真，次於「技能」之美，終於「情意」之善；始於事實知識的正確理解，次於藝術加工的靈活應用，終於情景事理的多義體現；三管齊下，展現語文創思的積極閱讀。

　　至於三大目標中，尤以「認知」為首要，自知識取向的「理解」中展開思維；以「求真」為大前論，要求「分類」明確，「分關係」清晰，再至「分層次」深入的邏輯推論；始於「吃桑葉，吐桑葉」的常識閱讀，次於「吃桑葉，吐絲」的知識閱讀，終於「吃桑葉，噴出彩霞」的見識閱讀。

　　歷來論及認知歷程，以布魯姆（B. S. Bloom）2001 年版的揭示，最為完整，計分六項[3]：

（一）記憶：從長期記憶中提取相關知識。
（二）理解：從口述、書寫和圖像溝通形式的教學資訊中建構意
　　　　義。

3　鄭圓鈴：〈Bloom 2001年版認知歷程理論在閱讀能力評量上的應用〉，載於孫劍秋主編：《閱讀教學理論與實務》（臺北市：國立臺北教育大學，2009年）。

（三）應用：對某情境執行或使用一個程序。

（四）分析：將材料分解成局部，指出局部對整體結構或目的的
關聯性。

（五）評鑑：根據規準或標準作判斷。

（六）創造：集合要素以形成一個新的具體協調性的整體，或組
成原創性產品。

就閱讀教學而言，布魯姆六項分類，由點而線而面，由下而上，由易
而難，由局部而整體，可分為低中高三層。第一層為「重點閱讀」，
第二層為「精細閱讀」，第三層為「創思閱讀」，由被動至主動，由消
極反射至積極投入；日漸上達，有所開拓。今與布魯姆六項，統整說
明如下：

（一）重點閱讀：記憶（早期為「知識」）、理解
力求知識正確，廣泛理解。

（二）精細閱讀：應用、分析
掌握關鍵知識，能解構與建構。

（三）創思閱讀：評鑑、創造
能反思批判，能綜合創造。

三種閱讀正是由表層至裡層，再至深層的進境；由「知道」（Know
What）至「瞭解」（Know How），再至「懂得」（Know Why）的遞
升；由「讀字句」（Reading the lines），至「讀字裡行間」（Reading
between the lines），再至「讀字句之外」（Reading beyond the lines）的
多義體現與發現。

大體而言，「重點閱讀」是速讀略讀，純屬概觀的感受，「精細閱

讀」是精讀細品，注重微觀的感知覺察，「創思閱讀」是創新的延伸發揮，展現宏觀的感悟發現；由垂直思考走向垂直思考與水平思考的融合；由「人之所常言」的「記憶」、「理解」，走向「人之所未明言」的「應用」、「分析」，終至「人之所罕言」、「人之所未言」的「評鑑」、「創造」；由「言之有物」的重點閱讀，提升至「言之有趣」的精細閱讀，終至「言之有味」的創思閱讀。

就讀者而言，創思閱讀即為創造性讀者，不只看表層，更看「空白」的深層；能自作者的「表現」、作品的「呈現」中，提出自己獨特的「體現」。葉嘉瑩指出：

> 還有第三種創造性的讀者。就是說：一般讀者只能做到作者說一，你懂得一，作者說二，你懂得二。但是創造性的讀者可以做到作者說的是一，你可以一生二，二生三，三生無窮，你可以有這樣自由的、豐富的聯想。[4]

可見創思閱讀是「被動的創作」、「讀者的再創造」，能自作品中讀出更多的層次，更豐富的內蘊，馳騁受作品制約的多義衍生，點出作者所未言的飽滿趣味。

以下自創思閱讀與圖文、古典詩、古典小說、電影的關係，依序討論。

4　葉嘉瑩：《唐宋詞十七講》（臺北市：桂冠圖書公司，1992年），頁654。當然，此亦與作者書寫策略有關。可參陳芳明：《很慢的果子：閱讀與文學批評》（臺北市：麥田出版社，2015年），頁286-287。

三 創思閱讀與圖文

就圖文而言，創思閱讀包括「字形組合」、「字的組合」兩類。第一、自字形組合上，加以分析，能夠看出「部分和部分」的新關係，提出不同於許慎《說文解字》本義的解說。第二、自多字組合上，加以增刪共構，能夠看出「部分和全體」的新關係；提出新的示意與理解，展現新的發現與妙解。

（一）字形組合

字形組合，即「拆字」、「析字」，拆出新說法，析出新關係。如：

1. 合
2. 義
3. 贏

第一字「合」，可以拆解成「人一口」，別解為「合作才能有一口飯吃」、「合理是每人都有一口飯吃」（猶如「和」是「口禾」，每人都有口飯吃，才能「和諧」），正揭示著「民以食為天」、「不患寡而患不均」的新義。第二字「義」，最為特殊倒過來看是「我」、「王」、「八」的組合，變成「表裡不一」、「事與願違」的「義」字反諷。許多人口口聲聲說「情義相挺」，結果「挺得裡外不是人」，被人出賣，身陷囹圄，後悔莫及。而「我」，據正德常律法師指出：「一邊是手，一邊是戈，不是傷人，便是傷己。」正是一般人最容易犯的毛病。至於第三字「贏」，是「亡」、「口」、「月」、「貝」、「凡」的組合。創意人士可從五個組合中看出新關係，解出因果變化的新義。如：

要「贏」，必定要有所犧牲（「亡」），建立口碑（「口」），日積月累長期投入（「月」），善用資源（「貝」），從小事做起，超越平凡（「凡」）。（網路）

要贏，必定要有所選擇，有所割捨；要贏，一定要有口碑，才能健步如飛；要贏，一定要養兵千日，用在一朝；要贏，一定要廣結善緣，廣結善「援」，源源不絕；要贏，一定要時時用心，刻刻到位，化平凡為不平凡；只有天時、地利、人和的最佳表現，才能無往不利。

（二）字的組合

字的組合，即合成字，坊間常見的有「招財進寶」、「日進斗金」等。今以「生」、「死」二字組合如下：

死
生

這樣的顛倒組合，可以有不同的寓義，如：

1. 生死對立
2. 生不如死
3. 寧願站著死，不願倒著生

第一種解釋，指出「死後才能往生」，屬於老生常談。第二種解釋，指出「不怕生，不怕死，只怕生不如死」，指出人生的深沉悲哀，身不由己。至於第三種解釋，則為一九三一年九月十八日日本入侵中國，有人為「九一八」慘案死難者貼出輓聯，深刻表現同仇敵愾的心理，指

出「倒懸度日，視生猶死，視死如歸」，抵抗外侮，確實獨樹一幟。

又如日本「京都酒家」的員工休息室，牆上掛著鏡框，鏡框中間畫個圓，圓中有一「口」，四周鑲著「五」、「隹」、「止」、「矢」四字[5]：

藉由「口」字居中共構，隱含「吾維知足」寓義。其實自由上而右、由左而下，順時鐘、逆時鐘三種順序讀來，另有不同指涉。如：

1. 吾唯知足（由上而右，由左而下）
2. 吾唯足知（順時鐘）
3. 維吾知足（逆時鐘）

其中以「吾唯知足」、「唯吾知足」讀來最為順口順耳。

至於「吾唯知足」、「唯吾知足」，配合圖形，可以增添激發新義：

1 就部分而言

四字均有「口」，表示「眾口生財」，客人來的越多，生意越好。
四字共一「口」，表示「口徑一致」，和氣才能生財，財源滾滾通三江。

---

5 許明甲編著：《趣味漢語》（長沙市：湖南大學出版社，2004年），頁521。

2 就整體而言

此鏡面，即為古代錢幣，亦稱「孔方兄」，有招財進寶之意。臺北一○一大樓中間，即有此圖裝鑲。

進而就創思閱讀而言，可以有不同的領悟：

1. 以錢為鏡，鏡照「吾唯知足」、「唯吾知足」，吾輩有賺就好，做生意，也要做公益。
2. 面對金錢，不能「不滿足」、「不知足」，只有「吾唯知足」、「唯吾知足」，才是對金錢的解藥；也只有「吾唯知足」、「唯吾知足」，才能知足常樂，樂在其中（圓形），而非方形的桎梏之中。

四　語文創思與古典詩

詩是最佳文字的最佳組合，以意象與韻律的美感興發，展現靈光乍顯的火花，瞬間照向生命境界的情思深處。尤其古典詩，以暗示的點染，飽滿的蘊藏，情寄象中，意餘篇外；召喚讀者以意逆志，賦予創思新解。今自「意象」、「韻律」分述如下：

（一）意象

以意象而言，古典詩中意內象外，一象多意，最能鮮明生動，感染讀者。以「雲」的意象為例，如：

1. 朝辭白帝彩雲間，

　　千里江陵一日還；

兩岸猿聲啼不住，

輕舟已過萬重山。（李白〈早發白帝城〉）

2. 松下問童子，

言師採藥去；

只在此山中，

雲深不知處。（賈島〈尋隱者不遇〉）

李白詩第一句「朝辭白帝彩雲間」，其中「彩雲」，即是單一意象的運用。如果不用意象，勢將寫成：

朝辭白帝碼頭間

將淪為實景的描寫，毫無感染的想像空間可言，亦將由詩的句法變為散文句法，顯得笨重乏味。反觀「彩雲」意象，既是景語，也是情語；一寫彩雲燦發，一片好風景；二寫興高采烈，一片好心情；情景相映，正是人間一大樂事。至於賈島詩末「雲深不知處」，「雲」亦為耐人玩味的單一意象。如改為：

行踪不知處

則化暗示為直寫，化詩句為散文，毫無蘊藉淵永可言。事實上「雲深不知處」，以景作結，意象鮮明，一象多意：

1.「雲」是隱士的化身。雲捲雲舒，獨來獨往，自由自在，無拘無束；往往乘興而往，盡興而歸，難以捉摸。

2.「雲」是隱士心態的寫照。身似雲間，心似雪白，自然行雲流

水，隨緣自在；坐看雲起，悠然親睹白雲初起的虛白，照見生命初起的純粹美感，一片空靈。

似此意象的探索，亦即古人所謂「作者然，讀者不必然」的美感興發，正是創思閱讀的發展空間；能自作者的心境、作品的詩境中，展現讀者獨特的悟境。

（二）韻律

以韻律而言，包括外在韻律（押韻）與內在韻律（雙聲、疊韻、類疊、頂真等）。如柳宗元〈江雪〉：

> 千山鳥飛絕，
> 萬徑人蹤滅；
> 孤舟簑笠翁，
> 獨釣寒江雪。

首先，在重點閱讀上，須知此詩創作背景。此詩寫於唐代永貞元年至元和九年之間。柳宗元貶謫，生命陷入困境，感慨良多。在精細閱讀上，可分析全詩結構，採「立體、面、線、點」的空間遞降，由大而小，由遠而近，由廣角鏡的掌控，層層推移，最後定格在「獨釣」、「雪」的特寫上。由全知觀點變成第三人稱的偏知觀點。「雪」成為鮮明的象徵，雪既寫世態炎涼，又寫柳宗元「我心如雪」的冷凝白淨。試想若將此句寫成「獨釣寒江魚」，注意魚獲量，則無意象可言，板重無味。

至於在創思閱讀上，看出押入聲韻（「絕」、「滅」、「雪」）的聲情效果。入聲短促急收藏，最能表示哽噎孤絕心境。張夢機即指出：

「絕、滅二韻，恰襯起孤獨二字。」[6]同時，第三行一開始，「孤」與第四行一開始「獨」，二字疊韻；第四行首「獨釣」二字雙聲，增添全詩聲情之美。尤其「獨」是入聲字，和前後入聲韻（「絕」、「滅」、「雪」）相互呼應，特別強化「獨釣寒江雪」的堅持與悲涼，餘韻不絕，耐人尋繹。

　　至於全詩主題，亦可發揮水平思考，提出別解。尤其自藏頭詩的角度將四句第一個字「橫著唸」，即出現「千萬孤獨」四個字。「千萬孤獨」四字，訴盡柳宗元難以言說的落寞與獨享，也象徵人類的困境與堅持。[7]置身冰天雪地的荒寒中，念天地之悠悠，念「江湖滿地一漁翁」的世路艱辛，是打擊也是撞擊；打擊順遂人生，撞擊出詩心跳躍，撞擊出成長的火花，照亮古典詩的國度。

五　創思閱讀與古典小說

　　小說三要素為人物、情節、場景[8]，藉由人物性格的顯影，情節的組合設計，場景的象徵與反諷，建構出城鄉都會中人性的繁複樂章。以下就人物、情節加以討論。

（一）人物

　　就人物而言，人物命名可以有「精細閱讀」、「創思閱讀」的不同體會。以《水滸傳》中軍師智多星「吳用」為例，「吳用」就是「無

6　張夢機：《近體詩發凡》（臺北市：臺灣中華書局，1970年），頁40。又黃雅歆亦謂：「〈江雪〉用的是入聲韻，讀來分外有決絕而睥睨的姿態。」見其《不可不讀的50首唐詩》（臺北市：方智出版社，2003年），頁126。

7　龍協濤：《文學閱讀學》（北京市：北京大學出版社，2004年），頁105。

8　周芬伶提出六要素：人物、情節、對話、觀點、場景、主題。見其《創作課》（臺北市：九歌出版社，2014年），頁180。

用」雙關，看似負面，卻是「無上妙用」的深層指涉。以《紅樓夢》
中「賈寶玉」為例，「寶玉」二字正是生命中兩個女人「薛寶釵」和
「林黛玉」的組合。其次，「賈寶玉」和「假寶玉」雙關，世上沒有
真寶玉，沒有永不褪色的恒常，終究「成住壞空」。最後，「賈寶玉」
更是和「假寶欲」雙關。暗指對美玉珍寶的喜愛，亦是一種欲望，一
種執著；到頭來只有患得患失的痛苦。只有看破欲望，看破無明，由
迷而悟，走出欲望之家，走出煩惱之枷，才能重回清淨。[9]至於賈寶
玉四個姊妹，依序為：

1. 元春
2. 迎春
3. 探春
4. 惜春

就「春」字而言，無不希望她們欣欣向榮，永保春日靜好。然而造化
弄人，春去秋來，事與願違，始料未及。尤其四人名字「元迎探惜」
讀下來，脂硯齋指出正是「原應嘆息」的雙關，更印證了女子難為，
「生非薄命不為花」，徒留風中默默嘆息。

　　至於人物性格的彰顯，可以自「對話」、「獨白」中心領神會。以
《水滸傳》中潘金蓮為例，潘金蓮對小叔武松有意，多所勾搭，瘋言
瘋語：

　　（潘金蓮）臉上堆著笑容，說道：「我聽得一個閒人說道：叔
　　叔在縣前東街上養著一個唱的。敢端的有這話麼？」武松道：

9　胡菊人：《紅樓・水滸與小說藝術》（臺北市：遠景出版社，1981年），頁66。

> 「嫂嫂休聽外人胡說。武二從來不是這等人。」婦人道:「我不信,只怕叔叔口頭不似心頭。」武松道:「嫂嫂不信時,只問哥哥。」那婦人道:「他曉得甚麼。曉得這等事時,不賣炊餅了。叔叔,且請一杯。」連篩了三四杯酒飲了。

就精細閱讀而言,藉由人物性格的比較,可以確知潘金蓮如果是端莊的大嫂,面對武松辯解,大概會回:「叔叔你自己注意就好。」可是潘金蓮卻說「我不信,只怕叔叔口頭不似心頭」,認為武松沒有這麼單純,應該是「豬哥裝聖人,惡梨假蘋果」,心口不一,哪有貓兒不偷腥?可見潘金蓮居心叵測,唯恐天下不亂,戴上有色眼鏡,認為「天下烏鴉一般黑」,男人沒有不拈花惹草,沒有一個是正經的,明明喜好女色,卻假惺惺不敢承認,十足虛偽。然而武松並非像她所想。及至武松勸她謹守婦道,「籬牢犬不入」,潘金蓮惱羞成怒,破口大罵:

> 那婦人被武松說了這一篇,一點紅從耳朵邊起,紫漲了面皮,指著武大,便罵道:「你這個腌臢混沌!有甚麼言語在外人處說來,欺負老娘!我是一個不戴頭巾男子漢,叮叮噹噹響的婆娘!拳頭上立得人,肐膊上走得馬,人面上行得人!不是那等搠不出的鱉老婆!自從嫁了武大,真個螻蟻也不敢入屋裏來!有甚麼籬笆不牢,犬兒鑽得入來?你胡言亂語,一句句都要下落!丟下磚頭瓦兒,一個個要著地!」武松笑道:「若得嫂嫂這般做主,最好;只要心口相應,卻不要『心頭不似口頭』。既然如此,武二都記得嫂嫂說的話了,請飲過此杯。」(二十三回)

潘金蓮這般劈哩啪啦搶白，反控訴武松胡言亂語，真真冤哉枉也。武松則以先前潘金蓮講他的話回敬，僅將順序顛倒：

不要「心頭不似口頭」。

就精細閱讀的分析比較而言，一般良家婦女多半會斂容回說：「叔叔說的是，奴家會小心門戶。」然而潘金蓮卻拉高音貝，惡人先告狀；張牙舞爪，宣稱自己三貞九烈，仰不愧天，俯不愧地，清清白白，不容絲毫懷疑。可見其個性之強悍，不但刀子嘴，更有刀子心。至於在創思閱讀上，由此可以更加瞭解人性：

1. 謊言千遍，連自己也相信。潘金蓮話說得這麼溜，當下連自己聽了都很受用，此心唯天可表。
2. 真心話，一字千金。真正好，一句話就夠了。俗謂：「臭鴨蛋，自誇讚」，夸夸其談，正掩飾自己色屬內荏，缺乏真正自信與貞定。

而後潘金蓮勾搭上西門慶，害死親夫武大，令人髮指；對照當年這番說辭，十足為「反諷人物」的最佳代表。

另如《紅樓夢》中林黛玉臨終一段：

半天，黛玉又說道：「妹妹！我這裏並沒親人！我的身子是乾淨的，你好歹叫他們送我回去！……」說到這裏，又閉了眼不言語了；那手卻漸漸緊了，喘成一處，只是出氣大，入氣小，已經促疾的很了。紫鵑慌了，連忙叫人請李紈，可巧探春來了。紫鵑見了，忙悄悄的說道：「三姑娘！瞧瞧林姑娘罷！」

說著，淚如雨下。探春過來，摸了摸黛玉的手，已經涼了；連目光也都散了。探春紫鵑正哭著，叫人端水來給黛玉擦洗。李紈趕忙進來了。三個人纔見了，不及說話。剛擦著，猛聽黛玉直聲叫道：「寶玉！寶玉！你好……」說到「好」字，便渾身冷汗，不作聲了。紫鵑等急忙扶住，那汗愈出，身子便漸漸的冷了。探春李紈叫人亂著攏頭穿衣，只見黛玉兩眼一翻。嗚呼！（九十八回）

就精細閱讀而言，知道林黛玉最後一句：

寶玉！寶玉！你好……

話中有話，語意未完，盡在刪節號中。如果標成：

1. 寶玉！寶玉！你好。
2. 寶玉！寶玉！你好狠心！
3. 寶玉！寶玉！你好好活下去。

均沒有原作「模糊表達」的想像空間。[10] 簡媜認為：

「好」之下該接什麼呢？雖說是小說人物，講的可能是現實情

---

10 龍協濤認為「好」可以是「好氣人」、「好狠心」、「好糊塗」、「好窩囊」、「好冤枉」、「好自保重」，都講得通。見其《文學閱讀學》（北京市：北京大學出版社，2004年），頁77。又徐岱亦謂：「『好』字顯然已不僅僅是一種肯定，它包含悲嘆、訴怨、責任……等許多含義。」見其《小說敘事學》（北京市：商務印書館，2010年），頁370。

節，能接的，大概是「好一個悠悠蒼天，曷此其極」吧。[11]

則直指黛玉深沉的感慨，時間作弄人間，終歸無奈。反觀創思閱讀可以將刪節號換成破折號：

1. 寶玉！寶玉！你好……
2. 寶玉！寶玉！你好──

兩相比較，第二例用破折號，可以表示聲音的延長。林黛玉氣若游絲，未竟的呼喚，在「你好」後拉長尾音，悄悄拉出休止符；另有聲音上的效果。至於第一例，用刪節號，表示語意未盡，愛恨情仇，終至無語凝噎，無語問蒼天；在種種未完的話裡，湧動著命運無奈的反諷，更湧動著自己天真無知的反諷，抱憾終生，終至無聲以對。仍以刪節號的使用，最為勝出。

（二）情節

情節是事件的組合，小說的內在結構。小說中，藉由事件前後的因果關係，問題情境的衝突和解決，可以讓經驗提升為意義，傳達出「有意思」的主題。

以《三國演義》孔明夜觀天象，自知命在旦夕：

1. 孔明在帳中祈禳已及六夜，見主燈明亮，心中甚喜。姜維入帳，正見孔明披髮仗劍，踏罡步斗，壓鎮將星。忽聽得寨外吶喊，方欲令人出問，魏延飛步入告曰：「魏兵至矣！」延腳步

---

11 簡媜：《誰在銀閃閃的地方，等你》（臺北市：印刻文化生活雜誌出版公司，2013年），頁425。

急，竟將主燈撲滅。孔明棄劍而歎曰：「死生有命，不可得而禳也！」魏延惶恐，伏地請罪；姜維忿怒，拔劍欲殺延。正是：萬事不由人做主，一心難與命爭衡。（一〇三回）

2. 孔明止之曰：「此吾命當絕，非文長之過也。」維乃收劍。孔明吐血數口，臥倒牀上，……

孔明強支病體，令左右扶上小車，出寨遍觀各營，自覺秋風吹面，徹骨生寒；乃長歎曰：「再不能臨陣討賊矣！悠悠蒼天，曷此其極！」歎息良久。（一〇四回）

孔明所謂「死生有命，不可得而禳也」，正是悠悠天意，自有定數，人算不如天算，命運無奈，徒呼負負。在精細閱讀上，可以和前一回，孔明最後一次出祁山，在上方谷困住司馬懿軍隊，相互參看比較：

只聽得喊聲大震，山上一齊丟下火把來，燒斷谷口。魏兵奔逃無路。山上火箭射下，地雷一齊突出，草房內乾柴都著，刮刮雜雜，火勢沖天。司馬懿驚得手足無措，乃下馬抱二子大哭曰：「我父子三人皆死於此處矣！」正哭之間，忽然狂風大作，黑氣漫空，一聲霹靂響處，驟雨傾盆。滿谷之火，盡皆澆滅：地雷不震，火器無功。司馬懿大喜曰：「不就此時殺出，便待時何！」即引兵奮力衝殺。張虎、樂綝亦引兵殺來接應。馬岱軍少，不敢追趕。司馬懿父子與張虎、樂綝合兵一處，同歸渭南大寨。不想寨柵已被蜀兵奪了，郭淮、孫禮正在浮橋上與蜀兵接戰。司馬懿等引兵殺到，蜀兵退去。懿燒斷浮橋，據住北岸。且說魏兵在祁山攻打蜀寨，聽知司馬懿大敗，失了渭南營寨，軍心慌亂；急退時，四面蜀兵衝殺將來，魏兵大敗，十傷八九，死者無數，餘眾奔過渭北逃生。孔明在山上見魏延

誘司馬懿入谷，一霎時火光大起，心中甚喜，以為司馬懿此番
必死。不期天降大雨，火不能著，哨馬報說司馬懿父子俱逃去
了。孔明嘆曰：「謀事在人，成事在天。不可強也！」（一○三
回）

孔明謂：「謀事在人，成事在天，不可強也」，正是時運不濟，明明可
以火燒魏軍，卻半路殺出「狂風」、「驟雨」，功敗垂成，功虧一簣。任
孔明再神機妙算，也無能為力；千金難買早知道，千千萬萬想不到，
縱千算萬算終不如天一畫。至於在創思閱讀上，更可以看出「人和不
如地利，地利不如天時」（改《孟子》語）。「時運」、「時機」的冥冥不
可測，在錯的時間遇上對的事，也只能抱憾終身。畢竟只有天時、地
利、人和三者合一，才能成就大業，獲得勝利。孔明獨木難撐大廈，
隻手無法遮天，也難怪《三國演義》三十五回水鏡先生引歌謠曰：

　　到頭天命有所歸，泥中蟠龍向天飛。

劉備如此，孔明亦如此。孔明雖能蟠龍向天，但臥龍雖得其主，不得
其時，最後只能「出師未捷身先死，常使英雄淚滿襟」，念天地之悠
悠，無語問蒼天。

　　其次，以《西遊記》為例，針對孫悟空的成長，可以明顯看出孫
悟空原本狂妄自大，剛愎自用。直至護唐三藏西天取經中，逐漸修
正，逐漸沉潛，由原先憤憤不平，漸至健康開朗：

　　二公按落雲頭，與太子來山南坡下，對李天王道：「妖魔果神
通廣大！」悟空在旁笑道：「那廝神通也只如此，爭奈那個圈
子利害。不知是甚麼寶貝，丟起來善套諸物。」哪吒恨道：

> 「這大聖甚不成人！我等折兵敗陣，十分煩惱，都只為你；你
> 反喜笑，何也？」行者道：「你說煩惱，終然我老孫不煩惱？
> 我如今沒計奈何，哭不得，所以只得笑也。」（五十一回）

孫悟空所謂「哭不得，只得笑也」，就是「不笑，難道要哭嗎」的豁達，「能笑到最後」才是真正達人。至此，孫悟空由任性，提升至韌性；以嘴角向上彎，化解眼前困難，展現詼諧自嘲的心態。及至最後，師徒二人由原先敵對，終至和諧互動：

> 四眾上岸回頭，連無底船兒卻不知去向。行者方說是接引佛
> 祖。三藏方纔省悟，急轉身，反謝了三個徒弟。行者道：「兩
> 不相謝，彼此皆扶持也。我等虧師父解脫，借門路修功，幸成
> 了正果。師父也賴我等保護，秉教伽持，喜脫了凡胎。師父，
> 你看這面前花草松篁，鸞鳳鶴鹿之勝境，比那妖邪顯化之處，
> 孰美孰惡？何善何兇？」三藏稱謝不已。（九十八回）

唐僧感謝悟空、八戒、沙淨三徒一路護持相挺。孫悟空回說：「兩不相謝，彼此皆扶持也。」在在展現成熟的智慧，懂得感恩，懂得「四人同心，其利斷金」的可貴，深知「魚幫水，水幫魚」的相濡以沫，何其殊勝。在精細閱讀上，可以看出孫悟空的歷練成長，由扁平人物提升為圓形人物；可見《西遊記》是一部心性之旅，一部成長小說。

至於在創思閱讀上，《西遊記》不只是心性之旅，更是創意之旅。試看師徒四人，各有缺點；唐三藏耳根軟，孫悟空目空一切，豬八戒色迷心竅，沙和尚毫無主見，絕非「夢幻組合」，而是「夢魘湊合」；絕非「Ａ咖一軍」，勉強只能說是「Ｂ咖二軍」。然而，在不斷衝突磨合，師徒四人同舟共濟，共體時艱，逐漸形成共識；進而發揮

合作無間的精神，屢敗屢戰，廣結善「援」，終能到達西天雷音寺，參見釋迦如來佛，成功取經，完成「不可能的任務」（Mission impossible）。似此「B咖二軍」的組合，發揮「1＋1＋1＋1＞4」的團隊戰力，展現「團結只有隊友，沒有對手」的最佳效益，力抗群魔，愈挫愈勇，患難與共；直指「對立統一」相反相成，開低走高，由抑而揚，堪稱古往今來獨一無二的「創意組合」，足為創意典範。

六　創思欣賞與電影

　　電影是鏡頭、色彩、音樂的最佳組合。藉由電影美學的藝術經營，主題內涵的層層開展，可以一窺導演的敘事風格與生命探索。觀眾自精細欣賞中，可洞悉導演整部電影所訴說的情節與細節；而自創思欣賞中，則可看出電影中未明說的內蘊；挑戰觀眾不同造詣，激發更多元的判批與創造。至於將電影列入「閱讀」一章中，則參酌簡政珍《電影閱讀美學》的觀點。[12]

（一）藝術經營

　　以幾米《微笑的魚》為例，全片欣賞重點有四：

1. 現實：中年男子捧著小玻璃缸回家。
2. 夢境：綠光的魚引中年男子至海邊，脫衣游泳。
3. 夢醒：乍見自己其實游在巨大玻璃缸中，群魚環外注視，驚駭，玻璃缸破碎。
4. 現實：省思，將魚缸捧至海邊，划船至海中，把魚放走。人魚個別重獲自由自在。

---

12 簡政珍：《電影閱讀美學》（臺北市：書林出版公司，2002年），頁169-174。

在精細欣賞上，看出「綠光的魚」具有神奇的魔力，是中年男子生命中的貴人，帶他走向戶外，行經有 Jimmy 招牌的店。其次，中年男子至郊外樹林，手舞足蹈，變成小孩開心嘻戲，再恢復成大人，代表他重拾童心，不再抑鬱寡歡。接著，乍見自己變成大玻璃缸的「游魚」，主客易位，缸破嚇醒。惡夢醒後，中年男人打破自我本位的迷思，打破擁有的偏執，走向寬廣的視野，走向「人魚平等」的和諧心態，成全魚的自由，也成全自己的開懷自在。

　　至於在創思欣賞上，可以看出魚的不同象徵。現實中，魚與「愚」諧音，坐困愁城，毫無作為。而夢境中「綠光的魚」，與「愉」、「娛」諧音，充滿綠色的創意與生機。其次，可以辨析影片中「夢境」的重要。片中如缺少「夢境」，將缺少內在心理衝突，失去結構變化的戲劇性，流於平面單調，嚼之乏味。復次，若將「夢境」改成：

　　　　魚缸的魚幻化成美女，笑臉盈盈，和中年男子擁眠。連續幾
　　　　週，中年男子沒有出門。里長深覺有異，帶警察前來查看，孰
　　　　料中年男子消失不見，只見魚缸裡有兩尾魚游來游去。

似此安排，則變成現代版「聊齋誌異」。但如此一來，流於靈異傳奇，缺少幾米原作「放手」、「捨得」的深義。最後，就魚的多義性而言，「魚」和「愚」、「愉」、「娛」諧音，也和「余」諧音；自齊物論觀點而言，魚和我輩（「余」、「予」）同為大自然一份子，平等不二。只有天人合一，人魚相親和諧，才能綻放生命綠光。

　　又以黑澤明《夢》中第五個極短篇〈烏鴉〉為例，全片欣賞重點有三：

　　1.眼前：日人欣賞梵谷畫，仔細端詳。

2. 示現：進入畫中，與梵谷對話，聆聽梵谷繪畫心境。而後梵谷
　　消失，日人一再追尋，最後見梵谷身影在遠方麥田裡，
　　群鴉嘎嘎飛起。

3. 眼前：日人站在梵谷麥田的烏鴉畫作前，靜靜凝視，脫帽致
　　敬。

就精細欣賞而言，首先，出現火車意象。當梵谷說：「我埋頭苦幹，
像火車般催促自己」，火車巨大黑色車輪快速運轉向前，此即電影蒙
太奇手法，彰顯梵谷繪畫熱情；再配合鋼琴「噹、噹、噹」昂揚震
響，更烘托梵谷堅定意志，所向披靡，動人心魄。其次，梵谷對日人
說：「太陽驅策我畫，我沒時間和你說話」，即消失不見。鋼琴「噹、
噹、噹」昂揚有力的配樂再度響起，日人尋尋覓覓，走在梵谷一幅幅
畫中；色彩極盡絢麗，線條極盡動態變化，更顯梵谷繪畫的出神入
化。最後，發現梵谷走向麥田深處背影，群鴉「嘎嘎嘎」喧天響起，
遮蔽麥田，火車汽笛聲隱隱消失天際。日人親臨實境，目睹一幅幅活
生生的畫，益發欽佩梵谷繪畫的絕對真摯，可說「雖九死其猶未
悔」，足為典範。

至於在創思欣賞上，首先，火車巨大車輪的黑色不停滾動，與麥
田遮空群鴉的黑色遙相呼應。輪轉不歇的黑色巨輪，奔向天際，往而
不返，亦變成摧枯拉朽的「時間」意象，凡人無法擋。而「時間」的
黑輪滾動再加上群鴉蔽空之黑，彷如死神黑色披風，蓋在梵谷身上。
其次，就現實而言，梵谷是在麥田舉鎗自盡。此處導演藝術加工轉
化，代以消失的汽笛聲，與影片先前的鳴笛聲相互呼應。消失的鳴笛
聲，代表梵谷生命已駛至盡頭，猶如輓歌，消失在麥田間。最後，梵
谷以繪畫藝術征服人生的困頓悲哀，在在印證「短的是磨難，長的是
藝術」；藝術不在乎短暫，在乎精采；磨難人生予我限制，繪畫藝術

予我超越。在繪畫世界，梵谷全力燃燒，瞬間消失，直指「瞬間才是美，美是瞬間」的宇宙人生；燃燒自己，照亮繪畫；雖瞬間消失，卻永垂歷史。而影片中導演黑澤明所呈現的反諷與弔詭情境，無疑創造日人的異想世界，栩栩如生，令人動容。

（二）主題內涵

　　主題是導演對題材的提煉，包括人物所明說、未說，情節、場景所暗示、所交織的多重意涵。以張藝謀導演《我的父親母親》為例，本片藝術經營的重點有三：

1. 以「山路」蜿蜒，為主要意象與象徵。
2. 以悠悠浮升的絃樂主題曲，貫串全片，婉轉悠揚，兜出招娣少女情懷的幽微心事。
3. 以三場小學生字正腔圓的讀書聲，帶出三層結構。第一場是招娣錯覺，前去教室，引發布置教室之舉。第二場病中聽到朗讀聲，不顧病體，跌跌撞撞跑去。第三場生子集合村裡小學生，在教室教爸爸駱長餘以前讀過的「識字歌」，招娣再前去聆聽。

就精細欣賞而言，首先，「山路」蜿蜒曲折，正象徵招娣「情字這條路」的曲曲折折，好事多磨。如招娣看見先生駱長餘要出來挑水，立即把自己挑好的水再倒進井裡，希望藉此可以和先生在井邊多聊聊，孰料半路殺出程咬金要替先生打水，結果事與願違。又如駱長餘被叫回省城盤問，招娣提著青花瓷大碗裝著餃子，希望繞路追上駱長餘剛走的馬車，結果在下坡時跌倒，大碗破裂，餃子散落一地，招娣號啕大哭。幸好村子來了修補碗的師傅，讓青花瓷碗重回完整。釘上鉚丁的碗亦暗示著未來重聚相守的辛酸美好。

　　其次，情之所鍾，正在吾輩。片中諸多細節，正烘托招娣用情較深，用心良苦。如招娣希望自己煮的蒸餃，新來的先生駱長餘會吃到。當她得知「先生都吃頭一份」，於是動了心思，趁別人不注意時把自己煮的擺在最前面。導演以仰角特寫青花瓷碗，折射招娣用心。而後風雪中發現先生教室破舊不堪，便主動布置教室，布置得美侖美奐，並呆坐在教室良久。生子敘述：「那天村長看見母親坐在教室，明白母親的心思，村長知道了，全村的人不久也都知道了。」道出在村裡沒什麼秘密，任何風吹草動，馬上傳開。

　　最後，駱長餘並未依約定時間回來，招娣雖已感冒，仍無視大風雪，執意上省城找駱長餘，結果體力不支，倒在半路。幸好村裡有人看見，把她救回來。招娣病倒在床三天三夜，冥冥中聽到小學生朗讀的聲音傳來：「春天來了，大雁回來，……」駱長餘聽招娣病倒一事，偷偷趕回村上，並在學堂上課。課文的內容和招娣的期盼，形成雙關暗示；聽在耳裡，躺在床上，招娣不禁喜從中來，眼角留下淚水。兩情相悅，相知互動，最為動人。

　　至於在創思欣賞上，可以自整體結構上加以發揮。首先，就全片色彩而言，招娣身上的粉紅棉襖、山上陽光燦爛，金黃樹林等暖色系列的色彩，借喻招娣的浪漫熱情，以及她明白朗暢的情感，如山般篤實厚重，聳立在大地上。反觀變天的山野、冰凍的大地、撲天蓋地風雪的「白」，與招娣老時一身「黑」的打扮則是寒色系列的色彩；前後在回憶與現實中形成對比。而回憶是彩色，現實是黑白，正道出招娣的一生感受。

　　其次，全片以兒子（生子）的敘述，帶入回憶，娓娓道來，讓母親（招娣）和父親（駱長餘）的相識相戀、相知相守得以客觀呈現，適時補充，形塑敘述與呈現的交插趣味。結尾生子集合小學生，在教室教爸爸以前唸過的「識字歌」，招娣再前去聆聽，不禁浮想連翩，

重憶往昔情景，年輕招娣的影像一再浮現。全片定格在招娣年輕時在山路奔跑的身影，青春洋溢，臉上喜孜孜，何其亮麗，何其陽光；成為不可磨滅的記憶，永存心中。所謂「曾經擁有，便是天長地久」，有限歲月，卻是無限溫馨，無限純真，何其美好。

最後，就片名而言，可以看出「我的父親母親」六字悅耳，絕對勝於「我的父母」，「我的雙親」。片名「我的父親母親」，重點在母親；比起「我的母親父親」，重點在父親；可說更為貼切點題。而招娣不管山路再如何蜿蜒曲折，人事再如何辛苦缺憾，招娣永遠「我心如山」，實心實意，堅貞挺拔，高聳厚重，成為歷來「母親」的典範形象，屹立不搖，令人景仰。

又以《深夜加油站遇見蘇格拉底》（*The Peaceful Warrior*）為例，全片的重點有三：

1. 米爾曼在夢中正滴汗做下環動作，腳骨著地碎裂，一個兩腳穿不同鞋子的人拿著掃把前來打掃。
2. 米爾曼在加油站遇見一個酷似蘇格拉底的人，與他展開對話。蘇格拉底對他一再提點，但米爾曼不放在心上。
3. 米爾曼在上學途中蛇形飆車肇事，人騰至半空，腳腿骨斷裂。復健過程，備極艱辛。後賴蘇格拉底幫助，重拾信心，重返伯克萊大學體操隊。最後在雙環選拔上，演出精采絕倫，嘆為觀止。

就精細欣賞而言，首先，片中神祕人物，長相似蘇格拉底（米爾曼遂以「蘇格拉底」稱之），實為智慧長者的象徵。兩人相處時，蘇格拉底藉由一連串發問，讓米爾曼詞窮，自相矛盾，進而檢視凝思，提出解答，獲得確切的省思與體驗。其次，米爾曼生活浮誇，飲酒、把馬

子，一夜蘇格拉底靜靜出現在米爾曼和馬子床前，米爾曼驚悸不已。
而後在一連串對話中，蘇格拉底一再強調：

1. 死亡並不可怕，可怕的是多數人根本沒有真正活著。
2. 永遠都是當下這一刻！當下這一刻就是時間，時間就是當下這
   一刻，清楚了嗎？

甚至在柏克萊校園，蘇格拉底將米爾曼推下橋，落入水中。隨後用力
碰觸米爾曼腰部，讓他看見陽光下不一樣的景緻：小狗追逐，草叢鮮
亮光影，甲蟲鮮艷背部，情人舐舌接吻⋯⋯但米爾曼並未能領悟，終
究發生車禍，腿骨斷裂。

　　最後，米爾曼經由沮喪、一度想自殺的打擊中慢慢走出來，並在
蘇格拉底的協助下，恢復信心，強化腳力，重返體操隊。比賽前，兩
人登山。蘇格拉底向他揭示人生中最重要的三個單字：

　　「悖論」（Paradox）、「幽默」（Humor）、「改變」（Change）。

　　米爾曼心領神會，自問自答：

　　悖論？人生是個謎，別浪費時間想破頭。幽默，要有幽默感，
　　尤其要能自嘲。改變？世事恆變。

對於人生有更通透的體悟，
　　逮及參加奧運體操選拔前，米爾曼再度至加油站拜訪蘇格拉底，
誰知對方已不知去向，杳然無蹤。電影結尾，米爾曼參加雙環選拔，
氣定神閒一氣呵成。停在空中時，蘇格拉底的聲音悠悠響起，兩人心

念相通，展開對話：

> 「你在哪裡？」（Where are you?）
> 「此地！」（This place.）
> 「幾點了？」（What time is it?）
> 「此時！」（This time.）
> 「你是誰？」（Who are you?）
> 「此刻！」（This moment.）

接著米爾曼完成整套動作，評審、隊友、觀眾全部瞠目結舌。優美下環後，音樂戛然結束，空中搖晃的雙環相互碰擊，彷彿為他拍掌，留下無限回味空間。

　　至於在創思欣賞上，首先，就象徵人物蘇格拉底穿鞋方式觀之，左右腳的鞋不一樣，正展現「對立的統一」，「亦彼亦此」的悖論色彩。似此神祕難知的「智慧長者」，虛虛實實，亦是米爾曼心中「超我」的象徵。影片中藉由內心「超我」的指點，打破本我的「快樂原則」、自我的「現實原則」，重返清明安定的靈魂，破迷去妄，刮垢磨光。其次，就體操選拔演出時，米爾曼對蘇格拉底的回答，若無豁然開通，無疑將變成：

> 「你在哪裡？」
> 「比賽場地。」
> 「幾點了？」
> 「六點整。」
> 「你是誰？」
> 「米爾曼。」

如此一來，米爾曼將停留在「我執」層面，呈現「分別心」的著相；未能提升至真正「心無二用」的境界。反觀米爾曼「此地」、「此時」、「此刻」的回答，簡潔有力；只見「我執」消失，「分別心」退位，只有渾然忘我的化境演出，全神貫注，一氣呵成；技在其中，藝在其中，道在其中。

最後，當隊友在旁述說對金牌的渴望，米爾曼勸他不要有太強的「目的性」。上場比賽，享受過程最重要，盡力而為，不必給自己太大壓力。口吻和當時蘇格拉底對他的提點，如出一轍。當此之際，米爾曼已經變成「白天」的蘇格拉底，蘇格拉底的智慧已內化至他內心深處，昔日趾高氣揚的選手，已蛻變成「身動心靜」、「動靜不二」的體操達人，洞悉人生的究竟真諦。

七　創思閱讀的教與學

閱讀可以打開意象的糧倉，故事的寶藏，思想的天窗，靈感的錢莊。在「積學以儲寶」的輸入裡，閱讀是靜水流深的汪洋；在「酌理以富才」的統整裡，閱讀是知識之塔的動態建構，在「研閱以窮照」的觀摩裡，閱讀是心智之眼的睜亮，靈魂之旅的成長；進而由「看熱鬧」躍至「看門道」的精細閱讀，終至「看獨到」的創思閱讀。

創思閱讀，貴於沿波討源，雖幽必顯；因作者所言，會其未言；因作品所述，會其所未述；展現閱讀者心靈主體的「新發現」、「新體現」。歷來創思閱讀教學重點有三：第一、先須把握文學樣式，洞悉文類特徵，寫什麼像什麼；第二、結合批判思考，讓「創思」能出人意外，入人意中；始於荒謬，終於合理；第三、運用教學策略，引導而不壓抑，鼓勵而不嚴厲；灑下創意的種子，熱情推動，耐心守候，等待莘莘學子發芽冒綠，披枝散葉，開花結果，結出「創作」的豐碩果實。

（一）把握不同文類

　　能理解文學樣式的差異，把握文類特徵的藝術，洞悉詩、散文、小說、戲劇、電影各自精采所在；才能由重點閱讀「有所法而後能」的理解，躍至精細閱讀「有所通而後達」的分析，終至創思閱讀的「有所變而後大」的創造；得以與作者為友，為直諒多聞的知音好友，展開高峰對話。

　　就詩、散文、小說、戲劇的特徵而言，詩是「唱歌」，散文是「說話」，小說是「講故事」，戲劇是「演出」，各有擅勝。就自然風景為喻，陳義芝謂：

　　　　詩似朝曦，小說似赤日，散文如夕照，戲劇好比星空。[13]

詩是旭日耀眼，小說是朗照乾坤，散文是溫暖餘暉，戲劇是星羅棋布的夜空，供人凝視。

　　其次，就結構而言，文學樣式分別是「點、線、面、體」的不同建築。張啟疆謂：

　　　　點的突擊叫作詩。（敘事長詩不算在內喔！）

　　　　線的刻畫接近極短篇、小品文——請留意那一線到底的內我迷宮，有蛹的蟄眠，有蝶的翩舞。

　　　　面的鋪陳宜於大散文（三千字以上）和短小說（萬言內）——區區三千字好比白髮三千丈，手握好筆，便是闖關遊戲、障礙賽跑，讓你癱軟潰崩的奔赴。

---

13 陳義芝主編：《散文二十家》（臺北市：九歌出版社，1998年），頁9。

　　　　至於體的構設，非長篇小說莫屬：一座巍峨參天金字塔。[14]

可見詩重「點的突破」，散文（小品文、大散文）重「線的刻畫」，小說（短篇、中篇）重「面的鋪陳」，長篇小說宜重「體的構設」，各有不同的美學特徵，各顯不同空間「比例」的精采。因此，在語文閱讀上，不可便宜行事，混同差異。

　　復次，不同文類的辨析，亦可自「組合」上加以比較，對照如下：

　　1. 散文是文字的最佳組合。
　　2. 詩是最佳文字的最佳組合。
　　3. 小說是情節的最佳組合。
　　4. 電影是鏡頭的最佳組合。

就散文和詩相較，詩是散文的精進。同樣用意象，散文重一象多意，意象的深化；詩重一意多象，意象的跳躍；同樣注重音樂性，散文重節奏，自然變化；詩重韻律，兼及內在韻律（句中）、外在韻律（句末押韻）；各有不同竅門，此即柯立芝（S.T. Coleridge）所謂：「散文是字眼放在最好的位置，詩是最好的字眼放在最好的位置」。以散文和小說相較，散文重「事」，小說重「事件」；散文重「事」的描寫，小說重「事件」的敘述；散文重細節的描寫、畫面情境的感悟深慨；小說重情節敘述、問題情境的戲劇性。又以小說和電影相較，小說運用「文字」蒙太奇，電影運用「鏡頭」蒙太奇；小說重人物心理的刻畫、情景的延伸；電影重人物動作的呈現，以配樂烘托人物心理；小說重場景（色彩光影）的歷時性，依時空關係細細展開；電影重場景

---

14 張啟疆：〈表現經營〉，《聯合報・副刊》，2015年3月13日。

（色彩光影）的共時性，以廣角運鏡整體呈現。似此，即文類閱讀時的「關鍵知識」，亦即語文創思閱讀的重點突破。

最後，攸關文學樣式的考察，宜正本溯源，回歸語言文字和文類的關係。[15]對照如下：

1. 詩文：彎曲語言。
2. 散文：真實語言。
3. 小說：虛擬語言。
4. 電影：鏡頭語言。

詩的語言講究「彎曲」，求濃縮，求密度，字數不增，意義增多；數字減少，意義不減；最顯精妙。散文的語言講究「真實」，[16]力求獨白的「真景物」、「真感情」，往往文如其人。小說語言講究「虛擬」，包括人物的聲音（對話、獨白）、敘述者的聲音，呈現多音複調的交響。電影語言講究「鏡頭」映象的運用，藉由「蒙太奇」、「特寫」、「虛實」等鏡頭交錯，指涉場景象徵、人物意識流，情節的內外衝突。凡此，各文類語言的把握，最能登堂入座，探驪得珠。

（二）結合批判思考

創思閱讀中，「評鑑」、「創造」（布魯姆「認知領域目標分類」）

15　田仁諾夫謂：「文類的孤立考察是不可能的，必須要探討文類系統的符號與文類的關係」，見佛馬克、蟻布思，袁鶴翔等譯：《二十世紀文學理論》（臺北市：書林出版社，1985年），頁21。

16　黃雅歆：「相較於詩的『壓縮語言』、小說的『虛擬語言』，散文是唯一被允許能直接表達意見、能直接訴諸情感，以『敘述者我』傳達的『真實語言』，這便是此文類獨有的特質。」，見其《自我、家族（國）與散文書寫策略——台灣當代女性散文論著》（臺北市：文津出版公司，2013年），頁27。

兩者相輔相成，「評鑑」求統一、規範，「創造」求變化、超常。所謂
「評鑑」，即批判思考的運用。

　　「評鑑」最主要的原則，陳龍安謂：

> 依內部證據而判斷：依據邏輯的正確性、一致性或其他內部指
> 標等證據，判斷一項訊息的準確性，例如：指出一段文字語句
> 中的錯誤、靜物素描畫的比例和光影處理等瑕疵。[17]

亦即在「分類」、「分關係」、「分層次」的精細閱讀之餘，能進而「分
優劣」，根據一套標準，加以檢驗。就閱讀作品而言，即能立足「求
真」的記憶、理解，加以客觀分析比較，檢驗其立意取材、組織結構
的「概然率」、「合理性」。顯然是「記憶、理解、應用、分析」後，
更高層次的閱讀能力。

　　以蔡仁偉最短篇〈牙痛〉為例：

> 「我最近讀了一本小說。女主角因為痛恨當牙醫的前夫，所以
> 發誓這輩子絕不跟牙醫接觸，即使牙痛到吃不了飯、睡不好覺
> 也一樣，最多就是吞幾顆止痛藥……」室友滔滔不絕地說。
> 我覺得寫這本小說的人一定沒有真正牙痛過。

依據室友的情節敘述，針對牙痛到不行的處理方式（「吞幾顆止痛
藥」），就可判斷該小說作者根本對「牙痛」痛點，沒有真實的體會，
純屬「想當然」的便宜敘述，完全不合理。因「牙痛到不行」，尤其

---

17 陳龍安：《創意的12把金鑰匙：為孩子打開一扇新窗》（新北市：心理出版社公司，
　2014年），頁279。

蛀到牙神經，會痛到臉歪嘴斜，痛到在床上呻吟哀叫。縱然「吞幾顆止痛藥」也無濟於事，一定要根管治療，才能徹底解決。這樣的小說，有明顯瑕疵。

又如陳寧極短篇〈尋夫記〉：

> 從十八歲開始，母親就對我耳提面命：「天底下的男人，有的英俊瀟灑，有的聰明伶俐，有的家財萬貫……，這些好處都不過是次要的，最要緊是做人牢靠，穩若泰山……。」
>
> 某次郊遊，我終於發現了一個出類拔萃的男孩，高大壯實，膚色健美，渾身掛戴著水壺、豬肉、綠豆、乾糧、急救包……。他走路時抬頭挺胸，步伐勻稱，全神貫注青山綠水，氣質非凡。到達目的地之後，他立刻忙著起火、燒水，汗流浹背。我混在眾多女孩子裡面，一會兒向他要水喝，一會兒到處張羅鏡子，整理頭髮，一會兒又高談天下事，絕不放過任何捲舌音。……結果呢？他始終不認識我。
>
> 待打道回府的時候，我百般無奈，垂頭喪氣的收拾地上的果皮紙屑……。突然，他走到我身旁驚呼：
>
> 「嘿！這年頭悶聲不響做事的人真是太難得啦！」
>
> 半年後，他成為外子。

結尾意外結局，開低走高，令人會心一笑。但見仁見智，有的讀者認為有待商榷的地方有二：首先，前面並未埋下伏筆，點出男主角很重視環保，很注意資源回收。其次，一般的美感經驗是：「驀然回首，那人卻在燈火闌珊處」（辛棄疾〈青玉案〉），絕非「驀然回首，那人卻在垃圾堆積處」。除非此時要補充說明：「夕陽餘暉，打在臉龐，如

打上柔焦；女生彎腰撿果皮紙屑的動作，彷彿米勒〈拾穗〉的畫面，散發出溫馨明亮的光輝。」才讓男主角的驚呼，才不至於「太意外」。至於就筆者大一當衛生股長經驗，拔營時處理善後，日薄西山，從來沒有一個人對我驚呼：「這年頭悶聲不響做事的人真是太難得啦！」因此，據以上評鑑，作品中的細節可以再加補強，讓概然率增高。[18]

　　無可諱言，好的小說在情節安排上，要由正確走向意外，由統一走向變化，由荒謬走向合理；既能「出人意外」，又能「情理之中」；既有「人人筆下所無」的懸疑，又有「人人心中所有」的驚喜。最短篇、極短篇亦然。只有結合批判思考，有握住「情理之中」的繩子，才能在創思閱讀的原野，放「出人意外」的風箏，逆風飛翔，飛出難以想像的高度，與天空拔河，與作者拔河，拔出「有意義」、「有意外」、「有意思」的人文風景。

　　其次，依據語文創思「藝術性」的標準，大凡相同題材，不同表現手法，均可分析比較，鑑其得失，評其優劣。茲以愛情中「痛苦」與「快樂」的敘述為例，如：

1. 醉過方知酒濃，愛過方知情重。（流行歌曲）
2. 愛一個人愛得太深，人會醉；而恨得太久，心也容易碎。（《天下無雙》）
3. 曾經痛苦，才知道真正的痛苦；曾經執著，才能放下執著；曾經牽掛，才能了無牽掛。（《西遊降魔篇》）

---

18 廖卓成以童話為例，指出：「衝突的設計及解決的方式尤其關鍵。衝突要設計得引人入勝，解決的辦法要令人意想不到又合情合理，才稱得上出色。對於逆轉的情節發展，則用伏筆預先暗示，以平衡過分驚奇意外所產生的突兀感。」見其《童話析論》（臺北市：大安出版社，2002年），頁139。

第一、二例均結合押韻，述說感懷；第一例自譬喻（略喻）中，類比真愛如醉酒；第二例則自映襯（「愛」、「恨」）對比，指出「愛」、「恨」太過的缺失。第三例結合類字，自排比中展現對愛的陷溺，也經由對愛的陷溺，才能「入乎其內，出乎其外」，真正深刻體悟；自一再的「牽掛」中跳出超拔，才能真正「了無牽掛」，真正邁向勇銳的清明，邁向完全放下的豁達開朗。相對於前兩例，第三例聲文瀏亮，情文深刻，在藝術性上明顯更優，更勝一籌。

凡此「評鑑」的批判，客觀分析，明確比較，要求敘述的可靠合理，更力求敘述的多音妙旨，展現「言之有物」、「言之有序」的敏銳與判斷，實為創思閱讀中「認知中的認知」，關於「思考的思考」。可見要創思閱讀，必須要有知性「批判思考」的監督，後設認知檢視[19]；才能臨深履薄，在「補充加深」、「延伸發揮」的開拓中，結合「質疑反思」，「批判匡正」的合情入理[20]，才能接近完美，成就卓越。

（三）運用閱讀策略

語文閱讀，不只是重點閱讀的「知其然」，而是精細閱讀的「知其所以然」；不只是精細閱讀的「因其所言，會其所言」，更是創思閱讀的「因其所言，會其所未言」。陳芳明即指出：

> 文學最迷人之處，莫過於在不同年齡層的閱讀，在同樣文本裡，常常可以讀出歧異的意義。[21]

---

19 此批判思考，就六頂思考帽而言，即「藍色思考帽」。

20 創造性閱讀有「補充加深」、「延伸發揮」、「質疑反思」、「批判匡正」四個層次。見曾祥芹主編：《文章閱讀學》（鄭州市：大象出版社，2009年），頁249-251。

21 陳芳明：《很慢的果子：閱讀與文學批評》（臺北市：麥田出版社，2015年），頁12。

所謂創思閱讀，即以閱讀方式啟發創思能力；不僅在「不同年齡層」，也在「同年齡層」，能讀出相同文本「歧異的意義」，讓「有意義」的閱讀與學習，變有「有意思」的發現與探索之旅。

由此觀之，語文創思閱讀，教師宜讓莘莘學子由「被動接受」到「主動學習」，由「要我學」的消極任性，變成「我要學」的積極韌性，形成以學生為主體，教師為主導，策略為主線的閱讀教學。

在閱讀教學上，迄今常見的策略有十：

1. 預測
2. 提問
3. 畫線
4. 摘要
5. 六 W
6. 推論
7. 結構分析
8. 讀誦吟唱
9. 合作閱讀
10. 三階段閱讀

其中以「預測」、「提問」最為常用，尤其運用在創思閱讀，教師可自創思視角，展開刺激、引導，藉此啟發與激活。

「預測」旨在運用學生閱讀的「期待」、「預設」、「回味」的三層心理，讓學生以「一致性」（統一律）的方法，推測結局。畢竟「找出答案正是讀者繼續閱讀下去的原因之一」。[22]以陳瑞獻寓言為例：

---

22 金恩著，尹萍譯：《故事造型師：老編輯談寫作的技藝》（臺北市：雲夢千里文化創

　　一枝草對一枝草說：「明天我們就成年了。」

　　割草機呼嘯而過。

就「預測」上，可以將第二行遮去，讓學生猜「接哪一句，比較好？」如：

　　1. 一陣春風吹來。

　　2. 一串鞭炮響起。

　　3. 早上陽光照著。

　　4. 恭喜聲傳過來。

　　5. 割草機呼嘯而過。

同時讓學生說明選哪一句的「理由」；並藉由說明「理由」的比較，可以看出他們的文學經驗，預測的精準度。其次，可輔以「提問」：

　　1. 選擇一到四句，和第一行連接，是不是情境相同，統一在「歡喜」的氛圍中？

　　2. 如此一來，前後兩行就沒有產生轉折，形成變化，形成強烈對比反差，缺乏衝突震撼？

藉由寫作中「統一」、「次序」、「連貫」、「變化」的規律，讓學生知道如果只管「統一」、「次序」，選一到四句，則是散文敘述，未有驚奇效果。反觀第五句，掌握「連貫」、「變化」，開高走低，急轉直下，形成反諷，才是精采寓言的本領所在。當然，在賞析上可以接著問：

　　3.「割草機呼嘯而過」是什麼意思？

　　4.「割草機」代表什麼？

　　5. 這則寓言給我們什麼教訓或啟發？

慢慢匯集學生答案，慢慢導向問題核心。

意事業公司，2014年），頁55。

3.「割草機」是「草」的敵人,「呼嘯而來」正是危在旦夕。

4.「割草機」是實物,也是象徵,代表死神,所過之處,摧枯拉朽,草族屍橫遍野。

5. 教訓:天有不測風雲,人有旦夕禍福。年輕人也會早夭。

6. 啟發:

（1）人生是「漸」,也是「變」

即使「成年」,不宜高興太早;凡事「小心」為上。眼觀四面,耳聽八方。不但自己要「小心」行事,也要提防別人「不小心」所帶來的池魚之殃,提防禍從天降。

（2）人生要看正面,也要看反面

不要自以為是,只用「一根草」（第一人稱偏知）觀點,忽略「割草機」的觀點（第三人稱偏知）,進而無視大環境的觀點（全知）,將流於「命運無奈」、「天真無知」的反諷。

（3）視無常為正常

「生老病死」是宇宙人生的實相,唯一不變的是一直在變。因此,要能入乎其內,出乎其外,豁然處之。當「成年」時欣然珍惜,不要嘆息;當「割草機呼嘯而過」時坦然面對,淡定接受。

當然似此客觀比較、深刻理解、透澈洞察,融會貫通的激活;全視課堂上學生的臨場反應與眼神而定,再加以適度引申。

又以杏林子寓言〈玫瑰與日日春〉為例:

　　玫瑰說:「我只有在春天開花!」

　　日日春說:「我開花的每一天都是春天!」

在「預測」上,可以將日日春的回答遮去,讓學生猜「怎麼回答,才

是很有意思？」如：

1. 日日春說：「我不想聽！」

2. 日日春說：「關我什麼事！」

3. 日日春說：「我也在春天開花。」

4. 日日春說：「我也和你一樣。」

5. 日日春說：「我開花的每一天都是春天！」

第一、二例，純屬情緒語言，未見藝術加工；第三、四例，口徑一致，未見立意變化；只有第五例，語出意外，語出精妙，日日春心態更豁達活潑，境界更高。

在「提問」上，可以提出關鍵問題，讓學生進一步思索。如：

1. 玫瑰和日日春開花的心態有何不同？

2. 「日日春」如改成「七里香」、「薔薇」、「雞冠花」、「阿勃勒」有沒有比較好，為什麼？

3. 這個寓言的「寓義」是什麼？

藉由學生的分析比較，分組的合作學習，腦力激盪後，教師可歸納整理，最後提出答案：

1. 玫瑰謹守成規，受限習慣，只知春天開花，過於拘束。反觀日日春打破成規，只要花季未了，便天天開花，開得興高采烈，盡情奔放。

2. 「日日春」比起「七里香」、「薔薇」、「雞冠花」、「阿勃勒」，更有「花名」上的雙關。「日日春」，是「日日皆好日」、「日日皆春天」的指涉，熱情洋溢，生機無限。

3. 寓言，是作家的「預言」，有先見之明；亦為作家的「喻言」，另有所指。杏林子這則寓言，指出「境由心造」。只要有好心情，就有好風景；只要生機蓬勃，盡力開放，一心春天，便是春天。相對於「我只有在春天開花」的玫瑰，日日春採取逆向

　　思維，化一般「春天才開花」的慣性思維為「開花是春天」的開拓翻轉；十足言玫瑰所未言，想玫瑰所未想，堪稱創造性思維。

　　由此觀之，可見語文創思閱讀，宜掌握文類美學特徵。以寓言為例，要抓住「寓言是穿著外衣的真理」（陀羅雪維支）、「寓言總是一種短小而精悍的匕首」（魏金枝）的要點[23]，在言簡意賅的故事與教訓中，掌握情節「合理」的解讀[24]，洞悉「言在此而意在彼」的寓義與喻義，召喚更深刻的體會與詮釋。

　　無可諱言，語文創思閱讀永遠是一種嶄新探索；由語言文字「形音義」的探索，作品文本「看頭、聽頭、想頭」的探索，邁向生命境界的探索，探索其中深層的文化內蘊。其次，語文創思閱讀亦是一種挑戰，挑戰作者，挑戰同輩，更挑戰以前的自己（讀者）；在不同階段的閱讀中，讀出更深的理解，更廣的視野，更高的見解；由已知的「看到」、「知道」，躍向「想不到」、「沒想到」的超越與發現，超越作者，超越作品，超越讀者（以前的自己）。復次，語文創思閱讀更是一種動態辯證，左腦與右腦並重，垂直思考與水平思考齊發，批判與創造共構；把握「對立統一」、「相反相成」的宏觀思維，自「無理不妙」的批判中，照見「有理而妙」的精義，更照見「無理而妙」的多元趣味。在創思閱讀中，永遠有一雙會看的眼睛，會聽的耳朵，能體悟的心；見常人所未見，聽常人所未聽；成為奕奕揚輝的「心智反光體」與熠熠萬彩的「心智發光體」。

　　事實上，不管教師如何運用教學策略，創思閱讀的不二法門，貴於多閱讀、再閱讀，多讀歷代經典之作，多讀最佳文學作

23　陳蒲清：《寓言文學理論・歷史與應用》（新北市：駱駝出版社，1992年），頁38、頁8。

24　廖卓成：《兒童文學──批評導論》（臺北市：五南圖書出版公司，2011年），頁154。

品。如美國梭羅（H. D. Thoreau）所云：

1. 許多人因閱讀一本好書，而開創一生之新紀元。
   （How many a man has dated a new era in his life from the reading of a book.）
2. 以閱讀最殊勝之書籍為先，否則你可能絕無閱讀此類書籍之機會。[25]
   （Read the best books first,or you may not have a chance to read them at all.）

只有多讀經典，多讀好書，才能打開生命更寬的視野，提升精神更高的境界；只有多讀第一流書，才能培養第一流的品味，才能珠璣照眼，獲益良多；並在「理解」能量的累積中，得以含英咀華，深造自得，綻放創思的見識與性性之光。

綜上所述，可見創思閱讀是充滿活力的語言解構與建構，永遠在「月讀」（日積月累）、「越讀」（跨越跨界）、「悅讀」（悅心悅意悅志悅神）的綜合會通中，求變、求新、求好，開拓更高、更廣、更遠的洞察與感悟，生生不息，源源不絕，日新其業，曖曖含光。

---

25 張春榮、顏荷郁編著：《世界名人智慧語》（臺北市：爾雅出版社，2008年），頁124。

第三章
語文創思與寫作

一　寫作

　　寫作是思想找到情感，情感找到聲音，聲音找到畫面的文字之旅；亦為意義結合經驗，經驗結合節奏，節奏結合意象的心智顯影。而創思寫作，更是同中求異，舊中求新，有中求好的層樓更上；開發題材的新思維，變化敘述的新視角，激活語言文字的新感性，馳騁藝術加工的精采，綻放「深不可測，妙不可言，樂不可支」的創意書寫。

　　語文創思中的寫作，包括作文與創作（兒童文學、現代文學）。其中作文是創作的暖身，創作是作文的延伸，兩者相互挹注，在在考驗語文創思教學的極致。凡此創思極致，無不在文心燦發中挑戰語言文字的彈性空間，挑戰形感、音感、義感的多音妙旨，挑戰生命境界的限制與超越，終至挑戰「創思、創值、創價」的嶄新向度。

二　語文創思與認知五力

　　語文創思是「微妙、奇妙、精妙」的精神品質，由「對不對」、「通不通」的統一正確，走向「好不好」、「妙不妙」的生動變化。自威廉斯（F. E. Williams）、吉爾福特（J. P. Guilford）、托倫斯（E. P. Torrance）以來，先後自左腦與右腦的綜合運用上，類聚群分，比較歸納，提出認知「五力」：

1. 敏覺（Sensitivity）

敏覺能察覺外在世界，是指一個人能夠敏於覺察事物，具有發現缺漏、需求、不尋常及未完成部分的能力，也就是對問題或事物的敏感度。

2. 變通（Flexibility）

變通的思考意味著你能發現方法來改變觀念、事物與習慣；在思考的方向上，你有能力變更速度或方向，改道而行。

3. 流暢（Fluency）

流暢即是能想出多項可能性或答案的能力，也就是指反應觀念的多少。

4. 精密（Elaboration）

精密就是在原來的觀念上再添加新觀念，能藉著修飾的本領，花心思去將事物引申或擴大。

5. 獨創（Originality）

獨創是一種創新的力量，指的是反應的獨特性，有自己想法的不平凡能力，不但新穎還要比以前的更好而有用。[1]

五種創意認知五力，由易而難，由淺而深，由粗而精，自成進階。其中「關鍵字」，各有不同：

1. 敏覺的關鍵字是「敏感」。

1　陳龍安：《創意的12把金鑰匙：為孩子打開一扇新窗》（新北市：心理出版社公司，2014年），頁7-105。另可參陳龍安：《創造思考教學的理論與實務》（臺北市：心理出版社公司，1988年），頁19-22。唯「敏覺」、「變通」、「流暢」、「精密」、「獨創」，譯為「敏覺力」、「變通力」、「流暢力」、「精進力」、「獨創力」。至於五力排序，筆者略加調整。

2. 變通的關鍵字是「適應」。

3. 流暢的關鍵字是「多樣性」。

4. 精密的關鍵字就是「添加」。

5. 獨創的關鍵字是「與眾不同」或「獨特」。[2]

可見敏覺是「直覺反應」的美感興發；變通是「觸類旁通」的靈活運用；流暢是「量的擴充」，注重鋪陳排比；精密，亦稱「精進」，是「質的提升」，強調層遞深入；獨創是「前所未有」的獨樹一幟。以「對問題的反應」檢視，五力的差別如下：

1. 敏覺是有效直覺反應的迅速。

2. 變通是有效反應類別的總數。

3. 流暢是有效反應的總數。

4. 精密是有效反應的精緻化。

5. 獨創是有效反應的稀有度。[3]

其次，自「創作表達」檢視，認知五力和洪榮昭〈創意教學成效評估指標〉可以相會通。所謂敏覺即「效率性」，變通即「活潑化」，流暢即「豐富化」，精細即「細緻性」，獨創即「新穎性」，表列如下：

1. 效率性：知識呈現或練習在時間上及其他資源有效的運用

2　陳龍安編著：《做個聰明人——創世與批判思考的自我訓練》（臺北市：心理出版社公司，1988年），頁3-34。

3　可參基爾福特：《創造性才能》（北京市：人民教育出版社，1991年）、陳龍安：《創造思考教學的理論與實際》（臺北市：心理出版社公司，2001年）、羅伯特·J·斯滕博格主編：《創造力手冊》（北京市：北京理工大學出版社，2005年）。

2. 活潑化：內容呈現有節奏、有律動或流暢
3. 豐富化：內容呈現多元（不重複太多或單一方向／向度）多類
4. 細緻性：創作內容表達注重細節
5. 新穎性：創作內容具新穎（差異）或獨創[4]

　　事實上，認知五力運用在語文創思上，迄今有不同異稱，往往異名同實，讓人觀念糾纏不清；宜統合整理，以正視聽，以利行文。以「敏覺」而言，除「效率」外，宜兼及「熟練」；以「變通」而言，除「活潑」外，宜兼及「轉換」，如視角等；以「流暢」而言，除「豐富」外，宜兼及「多樣」；以「精進」而言，除「精緻」外，宜兼及「協調」，前後呼應；以「獨創」而言，除「新穎」外，宜兼及「深刻」，能打動人心。對照如下：

1. 敏覺：效率、熟練
2. 變通：活潑、轉換
3. 流暢：豐富、多樣
4. 精細：細緻、協調
5. 獨創：新穎、深刻

如此一來，對五力的認知更為周延，對術語的理解更加透澈，將有助不同文類的創作檢視，亦有助藝術加工的開拓，更有助於作文時「立意取材」、「結構組織」、「遣詞造句」的評量考察，與創作時「鍊意」、「鍊篇」、「鍊句」、「鍊字」的向度，更能融會貫通，極態盡妍，在語言文字的原野，放認知五力的風箏。

4　洪榮昭：〈創意教學成效指標〉，www.ccda.org.tw。

三　語文創思與敏覺

語文創思的「敏覺」，即語感的美感興發，對語言文字中的形感、音感、美感能直覺反應，敏銳感知，有效判別。似此語感，源於平時語文素養，源於生活經驗的覺察；立足於「規範取向」的理解，邁向「審美取向」的應用，發皇於「形音義」的優質呈現。

（一）規範取向

語感並非主觀感受，隨意反射，任意瞎扯，仍須回歸文化制約，使用得體；回歸固定用法，合乎邏輯，語意明確；能客觀認知，正確使用。以常用成語為例，不宜違背常規。如：

1. 吳鳳接軌。
2. 風中蟾蜍。
3. 人面壽星。
4. 執子之首。
5. 直搗黃泉。

原本的成語為：

1. 無縫接軌
2. 風中殘燭
3. 人面獸心
4. 執子之手
5. 直搗黃龍

五例中均犯了「音近」、「音同」的混淆，差之毫釐，謬以千里。用「吳鳳」接軌，用「蟾蜍」表示孤苦伶仃，用負面聯想的「獸心」賀壽，用握著對方的「首」表示友好，用打到「黃泉」的陰間，表示克敵制勝（「黃龍」原指金國黃龍府）；均不合常規，破壞原義，無創思可言。除非在和原來成語不同的地方，加上引號（「」），表示有意雙關或反諷。其次攸關熟語、詩詞的引用，亦應求正確，如：

1. 舉頭三尺有黎明。
2. 一行白鷺上西天。
3. 人生七十才該死。
4. 今日事，今日避。
5. 吾不殺伯樂，伯樂為我而死。

正確引文為：

1. 舉頭三尺有神明。
2. 一行白鷺上青天。
3. 人生七十才開始。
4. 今日事，今日畢。
5. 吾不殺伯仁，伯仁為我而死。

第一句，「黎明」與「神明」差很多；第二句「上西天」是哀感，「上青天」是美感；第三句「才開始」是對銀髮族的肯定，「才該死」則是否定霸凌；第四句「今日畢」是勇於承擔，「今日避」則無所作為；第五例「伯樂」是相馬高手，千里馬知音，與「伯仁」不同，不能亂殺。凡此，不宜張冠李戴，徒招笑柄。

　　至於小說、電影中，藉由人物大辣辣的亂引、誤用，如王禎和、錢鍾書、金庸等，影射小說人物素養不足，文化不高，形成表裡不一反諷，形成強烈批判；則屬作者、導演為了製造效果，「有意」為之，另當別論。

（二）審美取向

　　好的語感往往活潑生動，有畫面，有音響，有意思；由形而義，由聲而情，形義相感，聲情相諧，激發更佳的品味。以形義結合為例，如：

1. 愛心永不消失。
   愛心永不缺席。（廣告詞）
2. 一齣戲不能有兩個重心。
   一齣戲不能有兩個女主角。（電影台詞）
3. 一種想法不能解決所有的問題。
   一隻鞋子不能適合所有的腳。（諺語）
4. 高不成，低不就。
   人才說不上，奴才做不來。（新聞標題）
5. 沒有因，哪有果？
   沒有柴火，哪有煙？（諺語）

第一例讓「消失」的抽象思維，變成「缺席」的形象思維；第二例讓「重心」的抽象敘述，變成「女主角」的具體敘述；第三例用「鞋子」、「腳」的聯想，代替「想法」、「問題」的概念；第四例用「人才」、「奴才」具體對比，代替「高」、「低」的概念對比；第五例用「柴火」、「煙」的視覺呈現，代替「因」、「果」的關係說明。凡此，

均讓整個句子更有畫面，如親臨目睹，形象鮮明。

其次，以音義結合為例，句子宜考量節奏，兼及押韻，更顯語感悅耳悅心。如：

1. 高處不勝寒，低處不孤獨。
   高處不勝寒，低處不孤單。（歌詞）
2. 女人要乾杯，男人不能閃。
   女人要乾杯，男人不能推。（諺語）
3. 饅頭裡邊包豆子，別人不誇自己誇。
   饅頭裡邊包豆渣，別人不誇自己誇。（諺語）
4. 天下烏鴉一般黑，世上豺狼一樣狠。
   天下烏鴉一般黑，世上豺狼一樣賊。（諺語）
5. 一個時代的悲哀是容不下一顆塵粒。
   一個時代的悲哀是容不下一顆塵埃。（歌詞）

第一例中第二句，明顯較第一句多了押韻，讀來更為順口；第二例中第二句，亦較第一句在多了押韻，更顯音顯義豁；第三例第二句結合開口押韻，較第一句更為琅琅上口；第四例第二句藉由押韻，較第一句更能發揮對偶效果，相互增強；第五例第二句，較第一句更加聲情相諧，「埃」的平聲（押韻）比起「粒」的仄聲（不押韻），更顯感慨良多，餘音不絕。凡此「語言藝術的加工」，無不力求音韻美感；讓人口維心誦，過目難忘。

綜上所述，可見「敏覺」的規範取向，明確知道「不應該」這麼寫；而審美取向，則靈動變化，知道「可以」這麼寫，力求詩性趣味。

四　語文創思與變通

語文創思的「變通」，是形式繼承，內容革新；始於表現手法的變通，次於敘述視角的變通，終於文類選擇的變通。在「窮則變，變則通，通則久」的美感經驗中，「變」是語文創思的源泉活水，除去惰性的磨刀石；更是滾滾拍岸的繽紛浪花，磨亮語感的銳利刀鋒，勇闖語文創思的新版圖。

（一）表現手法

語文創思旨在打破固定反應，隨機應變；恢復對生活、事物的新感覺，化平常為超常；藉由意象與節奏韻律的加工，開展更鮮活的感染力。

以「欲望」的感知為例，在意象、節奏上分別有不同的表現。如：

1. 欲望是兩頭燒的蠟燭，一端照亮無明，一端照亮文明。（秋實）
2. 嘴唇在不能接吻時才會唱歌。（梁實秋《雅舍小品》引）
3. 節制的欲望是美玉，放縱的欲望是地獄。（錦池）
4. 肉感的擁有是浮華，美感的享有是昇華。（錦池）
5. 多欲則亡，少欲則強，無欲則剛。（明覺）

第一例以「蠟燭」為意象，指出滿足的陷溺，往往向下沉淪；不滿足的缺憾與省思，可以向上提升。第二例以「嘴唇」為意象，指出「接吻」是嘴唇的實際功能，「唱歌」是欲望不能滿足的昇華，不能得償所願的抒發寄託。第三例自「欲」與「玉」、「獄」的聲音雙關，指出古典的節制，反而留下想像的美好；浪漫的放縱，往往反而成為靈魂

的桎梏。第四例藉由「類字」（「感」、「有」、「華」）的強調，指出滿
足將停留在感官生理層面，不滿足會上揚至客觀精神層面。第五例結
合孔子「無欲則剛」名句，以層遞的規律節奏，帶出面對「欲望」的
三種模式：「多欲」是靈魂的黑洞，「少欲」才能逆風飛翔，「無欲」
則由人性提升至神性。

又以「團結力量大」為例，可以在意象、節奏上有不同的發揮，
不同的形感與音感。如：

1. 五個手指是一個拳頭。（《艋舺》）
2. 眾人拾柴火焰高。（諺語）
3. 團結沒對手，只有隊友。（秋實）
4. 一人拿不起，兩人抬得動，三人不費力，四人好輕鬆。（諺語）
5. 一個巧皮匠，沒有好鞋樣；兩個笨皮匠，彼此好商量；三個臭
   皮匠，勝過諸葛亮。（諺語）

第一例以「拳頭」意象，帶出「力量大」的喻義，正是「人多力量
大，龍虎都害怕」的加乘效益。第二例以「柴」、「火焰」的意象，指
涉力量整合，才有「人多力量大，天下難事都不怕」的相得益彰。第
三例結合聲音的類字（「對」），指涉相互支援，群策群力，正是「眾
人一條心，其利可斷金」的天下無敵。第四例結合押韻（「起」、
「力」、「動」、「鬆」），以層遞手法道出團結的效益，正是「彼此搭
配，幹活不累」的分擔。第五例結合押韻（「樣」、「量」、「亮」），亦
以層遞手法道出人多好辦事的功能，正是「一人計短，兩人計長，三
人好商量」的另一種說法；並將平日大家所引「三個臭皮鞋勝過一個
諸葛亮」的諺語，加以層次分明的補充。凡此不同形感、音感的表
現，不同意象、韻律節奏的組合，正是「變通」精采魅力，「通則
達」的有效運用。

（二）敘述視角

　　不同人物、不同視角、不同敘述觀點的選擇映照，移位轉換；正可共構更廣的視野，兜出相對的情境，形塑「見所未識」、「識所未知」的真實變化。迄今視角變化，尤其為革新小說的重要技巧。

　　就筆者八十年在清大中語系兼課而言，當時系刊針對「一粒蘋果掉在牛頓的頭上」，刊出各系觀點：

> 中語系：一果，色紅潤，自天以降，歇於牛子之額。
>
> 外語系：An apple fell from the tree, and hit Newton's head unfortunately.
>
> 物理系：證明地心引力 F＝m×a 為真。
>
> 化學系：蘋果重 380g，檢驗得：H_2O 佔 70%，胺基酸 10%，碳酸 3%，其他不明物質 17%。
>
> 數學系：一物略成圓弧形，多為不規則 n 次函數曲線，撞牛頓頭後有明顯下凹曲線。
>
> 經濟學：蘋果一個賣 10 元，賺 3 元，一天掉下 20 個，一個月……

可見不同科系專業理解，會有不同的分析與表達。而藉由各系不同解讀的並列，由分化而共相，正可照見宏觀兼視的重要，跨界跨位會通的必要。

　　又以廣告為例，筆者曾見畫面如下：

1. 拉近鏡頭
　　男人匆匆推撞路人，似欲傷害。

2. 拉遠鏡頭

屋簷上正有巨物滾落，男人匆匆將路人推開，救對方一命。[5]

由原先偏知觀點的「一偏之見」，至後來全知觀點的「全體掌握」，真相大白；正是誤會一場，開低走高，喜劇收場。又如晶晶最短篇〈離婚〉，如均採爸媽觀點，將原作寫成：

> 「我要離婚。」
> 「可以啊，不過你得再幫我找一個老婆。」
> 「我就是受不了你才要跟你離婚，我怎麼可能還去害別人。」
> 「隨便，不幫我找，你就繼續當我老婆。」

兩人針鋒相對，唇槍僵局，無法收尾。

當此之際，只有輔以另外人物觀點，才能揭示真相。今恢復原作全貌：

> 「我要離婚。」
> 「可以啊，不過你得再幫我找一個老婆。」
> 「我就是受不了你才要跟你離婚，我怎麼可能還去害別人。」
> 「隨便，不幫我找，你就繼續當我老婆。」
> 她下樓跟妹妹說：「爸媽又在打情罵俏了。」

藉由敘述視角的變化，女兒的補充，姊姊對妹妹的說明（「爸媽又在

---

5 記憶所及，當為多年前孫大偉在東風衛視主講《廣告也瘋狂》中的廣告。另亦可參其《孫大偉：創意狂想曲》（臺北市：沙鷗國際多媒體公司）DVD。

打情罵俏了。」）點出這是爸媽屢見不鮮的「打嘴鼓」，真鬧假吵，吵著玩的；純屬「床頭吵，床尾和」，不必當真。反正無傷大雅，「鬧劇」一場。

事實上，不只廣告、最短篇，擴及短篇、中篇、長篇小說與電影。似此敘述視點的並置、轉換，進而形成反諷或象徵，亦即創思寫作中極重要的「變通」手法，不容輕忽。

（三）文類選擇

同一題目，可以選擇不同文類演出，不同立意的創思；自選擇中展現自身對文類的熟悉與擅長，展現自身藝術能量的判斷與控勒；競逞其能，各顯其妙。

以「鳥籠」為題材，簡媜觀察家庭主婦逛市場，制約於買菜的牢籠而不自知：

> 每日仍需穿越市場兩次，看物的興致轉成看人——逛市場的都是些什麼人？大部分是「主中饋」的家庭婦女，從抱嬰攜孩的年輕女性到幫兒女料理家常的阿嬤，買菜、購物順道散個心，逛市場大概是她們一天中最享樂的時刻。每當我尾隨她們暗暗觀察其神色，忍不住覺得菜市場是裝飾女性樊籠的蕾絲花邊；每日一把綠菜、幾粒鮮果、一件奇巧小物軟化了籠子鐵條，於是鐵條漸漸變成蠶絲，滲入體內與血管、肌理印合，直到整個籠子都隱沒。籠子不見了，自身即籠，籠子能打破牢籠嗎？
>
> （除非這女人悟了，膽識也飽足，敢就著陽光伸出手臂，另一手擒著夾眉小鑷，從指尖把那鐵條一絲一絲血淋淋抽出來，叫那籠子恢復原形，再抄傢伙把它改大或乾脆一鎯頭毀了。）

最後，凝聚於「籠子」的意象與象徵。以「籠子能打破牢籠嗎？」的激問，對女人能打破社會的制約，女人能跨出意識形態的牢籠，解開兩性枷鎖，無拘無束，重回「人」的自在歡喜，質疑並非易事。這是散文中「天地一牢獄，女人一鳥籠」的反詰與探索。反觀周志文〈巴比倫塔〉敘述初中同學福依民爸爸，人稱「鳥人」的故事。福爸爸養鳥，真正的興趣在「鳥籠」：

> 他父親受傷後只得退伍，從此在家裡與他相依為命。他說他父親下來時成天鬱鬱寡歡，幸好興起了這陣養鳥風，讓他好像有了寄託。他說他父親在做教官的時候就在學校的宿舍養過鳥，「不過也不知道他是愛養鳥，或是為別的？」我問是為什麼，他說：「也許他是為了喜歡做鳥籠而養鳥的吧。」他說家裡的鳥籠都是他父親自己做的。

和一般人不同，純粹是手藝興趣，不在養鳥賺錢。結尾：

> 一次我不知道是什麼機緣又遇到福依民，我問他們家還在養鳥嗎？他沒怎麼說，只顧著帶我到他家，原來他們家還是養滿了鳥，讓我驚訝的是，他父親在這一年中把他們家的鳥籠「重建」，除了四周留了人的走道，細木條與竹籤編成的鳥籠幾乎把整個眷舍給填滿了。福依民指它問我：「你說，像不像巴比倫空中花園？」

福爸爸竟在家建構「鳥籠美學館」，直似「巴比倫空中花園」，拈出「不做鳥籠，何以遣有涯之生」的嗜好，堪稱當年奇觀。

其次，以新詩創作，陳黎則自轉化中加以詮釋：

　　打開沮喪的籠子
　　飛出去空虛
　　飛進來空虛

自空空洞洞籠子的移情作用下，陳黎為一直「失而復得，得而復失」
的籠子代言，指出「籠子」的宿命，只有與「空虛」為舞，不能擁有
什麼，只有獨享「進進出出」的空虛，到頭來，什麼也沒有。至於非
馬則自「打開鳥籠」上加以發揮：

　　打開
　　鳥籠的
　　門
　　讓鳥飛
　　走

　　把自由
　　還給
　　鳥
　　籠

尤其結尾，打破一般人寫法，跳開單向思維的反應：

　　把自由
　　還給
　　鳥籠

最為勝出。「鳥」、「籠」二字一拆，化散文為詩心，化「鳥籠」的自由，為「鳥」、「籠」的各自自由。鳥的自由，飛在天空；籠的自由，不必關什麼；彼此化桎梏，為相互成全；化主客對待，為各自獨立；化人為隸屬，為各自逍遙。且將此詩「直排」：

```
籠 鳥 還 把      走 讓 門 鳥 打
      給 自          鳥   籠 開
         由          飛   的
```

可以看出整首詩的造型，猶如鳥張雙翅，展翅欲飛。似此寫意的構圖，增添視覺欣賞的趣味[6]，當為作者創思所在。

　　至於在最短篇創作上，管管〈鳥籠〉以超常情節，寫出神祕人物「弟弟」：

> 弟弟聽媽媽的話，打開鳥籠把鳥放了。回頭發現自己關在鳥籠裡，他看看四周笑了，他發現他的同學也關在鳥籠裡。不知道就好，知道了呢？也好。
> 弟弟又笑了！
> 爸爸媽媽也關在籠子裡，不過他們不知道。
> 老師也關在籠子裡，他也不知道！
> 弟弟又笑了。

這樣的「弟弟」，始於荒謬，終於合理；這樣的「三笑」之聲，流動「入乎其內」的溫度，折射「出乎其外」的高度，充滿赤子之心的單純，更充滿智者之眼的觀照。在吃吃的「三笑」中，弟弟靈光乍顯，

6　丁旭輝：《左岸詩話》（臺北市：爾雅出版社，2002年），頁85。

看見了有形的籠子，更看見自己，同學、爸爸、媽媽、老師身上無形的籠子，形成禪宗公案似的「拈花一笑」。全篇笑中有真意，欲辨已忘言；在四層「異中有同」的變化與統一中，留給讀者細細玩味，深深品嚐。反觀十一郎作詞，張宇作曲，屠穎編曲的〈囚鳥〉：

我是被你囚禁的鳥
已經忘了天有多高
如果離開你給我的小小城堡
不知還有誰能依靠

我是被你囚禁的鳥
得到的愛越來越少
看著你的笑在別人眼中燃燒
我卻要不到一個擁抱

我像是一個你可有可無的影子
冷冷的看著你說謊的樣子
這撩亂的城市容不下我的癡
是什麼讓你這樣迷戀這樣的放肆

我像是一個你可有可無的影子
和寂寞交換著悲傷的心事
對愛無計可施
這無味的日子
（我的）眼淚是唯一的奢侈

則是愛情「籠中鳥」的悲歌，愛得越深，禁錮越深，不被珍惜，只有哭泣。人間之愛終究要問：「值與不值？」若是不值，以眼淚為糧，以影子為伴，與寂寞相擁，終是都會中曠男怨女無助的告白，迴旋於各樓層孤單的角落間。凡此不同文學形式的表現，散文、詩、小說、流行歌曲的不同美學效果，則是創思寫作的首要考量。[7]

五　語文創思與流暢

語文創思的「流暢」，是量的擴充，平行的增加；始於字句的統一多樣，次於結構的共相分化，終於立意的單一豐贍。在「加量加值」的擴充下，披枝散葉，千姿萬態，競綠賽青，令人應接不暇。

（一）字句的多樣

字句的多樣，最容易出現在順口溜、歇後語、網路上，往往風生水起，連類無窮。以「進退兩難」的歇後語為例，即有六種說法：

1. 光腳丫走進蒺藜窩——進退兩難。
2. 吃雞蛋噎脖子——進退兩難。
3. 前有虎後有狼——進退兩難。
4. 腳跟拴石頭——進退兩難。
5. 堂屋裡推車——進退兩難。
6. 沙灘行船——進退兩難。

7　電影另有《鳥籠》、《鳥人》。至於羅英詩中「鳥」的意象，可參洪淑苓：《思想的裙角：臺灣現代女詩人的自我銘刻與時空書寫》（臺北市：臺大出版中心，2014年），頁298-299。

均針對困境難題，提出不同情境的類比，展現民間智慧集體創作的生
猛有力。另以順口溜為例，如：

　　　讀了易經，會算卦；

　　　讀了詩經，會說話；

　　　讀了水滸，會打架；

　　　讀了金瓶，會敗家；

　　　讀了紅樓，會出家。

針對五本書的閱讀效益，根據讀者的接受反應，加以鋪排羅列。同時
在押韻中，指出《周易》本領，在知幾通變；《詩經》的用處，在於
「不學詩，無以言」；《水滸傳》的主題，在「官逼民反」；《金瓶梅》
的教訓，在於「讀金瓶梅而生歡喜之心者，禽獸也」；《紅樓夢》主題，
在於盛極而衰的反諷，世事無常的領悟。凡此提綱挈領，精言扼要，
實為順口溜的警句。又如面對愛情，可以有多樣的譬喻與解說。如：

　　1. 愛情像電話，搭配不當就短路；

　　2. 愛情像椅子，缺兩隻腳會跌倒；

　　3. 愛情像剝洋蔥，總有一顆讓你流淚；

　　4. 愛情像旋轉木馬，不斷追逐，永遠有距離。（錦池）

藉由四種譬喻（「電話」、「椅子」、「剝洋蔥」、「旋轉木馬」），分別指
出愛情的不和諧。絕緣短路，心無靈犀者有之；跌個鼻青臉腫，自撫
傷口者有之；事與願違，暗自流淚者有之；賣力追逐，鴻溝難越者有
之；總歸徒勞瞎忙，傷神扼腕。凡此譬喻運用，正是愛情王國的四種
苦澀滋味。至於網路上流傳佳句，如「弄丟了」篇：

上幼稚園，把天真弄丟了；

上小學，把童年弄丟了；

上國中，把快樂弄丟了；

上高中，把思考弄丟了；

畢業，把學業弄丟了；

上班，把個性弄丟了；

戀愛，把理智弄丟了；

生子，把身材弄丟了；

房貸，把下半生弄丟了；

結婚，把激情弄丟了；

離婚，把財產弄丟了；

經商，把底線弄丟了；

出國，把祖宗弄丟了；

上 facebook，把隱私弄丟了。

十四種「弄丟了」，正是由小到大的失落，求學的每下愈況，工作的為五斗米折腰，愛情與婚姻的現實殘酷，遠赴異鄉的數典忘祖，玩臉書玩到「楚門的世界」，毫無秘密可言，無所逃於天地之間，真不知為誰而活，為何而戰，徒留一輩子忙、盲、茫的「弄丟了」。凡此多樣的鋪陳分述，娓娓道來，譜出人生開高走低的悲哀交響曲。

（二）結構的分化

結構的分化，即一體多相的呈現，一相多面的陳列；藉由平行敘述的增加，排比開展的擴大，指涉「共相」、「同體」的多重關係。以簡媜散文〈老，是賊〉為例：

　　黑是什麼？是一座發亮的黑森林，群樹芳草散發香氣，仲夏夜戀人們追逐嬉戲的舞台。黑，是輕盈的，載著夢的色素。是絲綢，誘捕戀人說出誓言的網——白衣上留著一根伊人的黑髮，好比長長的懸念，輕柔的取下，憶及繾綣，投入書頁，浮出微笑。

　　白是什麼？是戰爭之後哀鴻遍野的荒村，枯樹惡草，散出地獄腥風，是流氓與刺客窩藏的暗窟。白是沉重的，藏著死亡的符籙，是不鏽的鋼柵，囚禁罪犯使之認罪該判「老刑」的大牢——黑衣上一絲自己的白髮，像是絞刑架垂下的粗繩，厭惡地拂去，憶及老之將至——不，已侵門踏戶至此，心情墜入谷底，餵鱷魚去。(《誰在銀閃閃的地方，等你》)

　分別在自問自答中，提出黑白相對，美好與失落的兩組對比聯想。「黑」是生之美好，是「發亮的黑森林」、「嬉戲的舞台」、「夢的色素」、「絲綢」、「網」、「黑髮」，在共時並列下，共同指涉美好的活力。反觀「白」是生之悲哀，是「哀鴻遍野的荒村」、「枯樹惡草」、「窩藏的暗窟」、「死亡的符籙」、「不鏽的鋼柵」、「大牢」、「白髮」，亦在顯現映射下，共同指涉悲哀的無望。原來時間是妙妙空空的小偷，不著痕跡的大盜，將黑髮偷成白髮，將黑亮盜成灰白，誰也奈何不了。然而就主體精神而言，即使白髮，仍可揚棄衰老徒傷的悲切，擁有老而彌堅的期許，銀髮族照樣可以有亮麗的春天。有興趣者，可參英國詩人西德尼（S. P. Sidney）〈老年〉（Old Age）之作。又簡媜散文〈版權所有的人生〉：

　　如果人生是一門艱深的功課，這門課該怎麼修？我是埋頭苦幹的解題者，還是自私自利製造難題給家人的人？

如果人生是一場派對，誰來準備？誰享受？誰善後？若我總是負責收拾殘局，我甘願嗎？

如果人生是一次完整的鍛鍊，沒有苦盡甘來的時候，該怎麼做才撐得住？

如果人生是一條礦脈，該如何開採？應當換取眼前財富，還是留給後世紀念？

如果人生是一回轟轟烈烈的燃燒，該在鬧街施放節慶的煙火博得歡聲，還是去寒村布施溫暖，一生無名？

如果人生是一宿之夢，該枯坐著等待天明，還是自夢幻裡尋找真實，再從真實之中體悟泡影？

如果人生是一份作業，用良心與責任為線，為他人織一匹布。我審視自己織成的布匹，線縷緊緻、圖案瑰麗，足以裁製華服。而他人織給我的，竟是破洞百出連做抹布都不能的線團，我能接受嗎？該怎麼追討？該如何釋懷？（《誰在銀閃閃的地方，等你‧版權所有的人生》）

面對人生，運用「旅行」、「功課」、「派對」、「礦脈」、「燃燒」、「宿夢」、「作業」八種譬喻，分別提出何去何從的激問，該如何看優點，該如何包容缺點；要如何化解，要如何甘心接受，各有各的理由；根本沒有標準答案，根本難以真正轉念釋懷，毫無一絲缺憾，真正自在安頓。凡此八種激問，問出人生難解的相對論，人生弔詭的「莫非定律」。

其次，以顧城新詩〈弧度〉為例：

鳥兒在疾風中
迅速轉向

少年去撿拾
一枚分幣

葡萄藤因幻想
而延伸的觸絲

海浪因退縮
而聳起的背脊

自四段平行排比中，顧城獨具慧眼，捕捉大自然中「鳥」、「少年」、「葡萄藤」、「海浪」的關係；在看似沒有關係的畫面中，照見四者律動（「迅速轉向」、「撿拾」、「延伸」、「聳起的背脊」）的「弧度」共相；在「天何言哉，四時行焉，百物生焉」中，以四種視角目納一般人視而不察的瞬間「彎曲」之美，瞬間即逝微妙「曲線」的美感經驗，言人所未言，別具「新發現」的詩性之光。

　　復次，以蔡逸君最短篇〈關係〉為例：

田莉在捷運車站上告訴阿明她快要活不下去了，阿明午餐時對淑敏說他工作壓力好大，淑敏跟大有講電話：「我昨天失眠了！」大有寫了 E-mail 給李蘋：「最近好嗎？我好無聊乙……」李蘋下班時在電梯碰到劉永說自己頻頻作噩夢。
劉永和田莉躺在床上，他們一句話也沒說。

道出六個男女（「田莉」、「阿明」、「淑敏」、「大有」、「李蘋」、「劉永」）的單向關係，只有片面告白，沒有互動開展；只有表層關係，沒有實質化解；彰顯現代版的「人環」中，往往泛泛之交，溝而不

通，共構存在虛無的多重反諷。六人關係，看似平行並列，卻是首尾
相銜，自成環狀圓形，如圖：

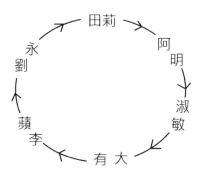

更暗示人際「關係」循環不已。所謂「關係」是「有表面關係，沒有
實質關係」；直指現代人際溝通，往往「溝而不通」、「有溝無通」，反
諷連連。此則本篇的弦外之音，言外之意。

（三）立意的豐贍

立意的豐贍，亦即一題多解；能有多重視角的思維，能提出兩種
以上的解決，呈現兩種以上不同的立意。就波諾「六頂思考帽」而
言，即善用兩頂以上的思考帽。

首先，以張曉風散文〈矛盾篇之一〉為例，各取前三段：

一　愛我更多，好嗎？

愛我更多，好嗎？

愛我，不是因為我美好，這世間原有更多比我美好的人。愛
我，不是因為我智慧，這世間自有數不清的智者。愛我，只因
為我是我，有一點好有一點壞有一點痴的我，古往今來獨一無
二的我，愛我，只因為我們相遇。

如果命運注定我們走在同一條路上，碰到同一場雨，並且共遮

於同一把傘下，那麼，請以更溫柔的目光俯視我，以更固執的手握緊我，以更和暖的氣息貼近我。（前三段）

二　愛我少一點，我請求你

愛我少一點，我請求你。

有一個祕密，不知道該不該告訴你，其實，我愛的並不是你，當我答應你的時候，我真正的意思是：我願意和你在一起，一起去愛這個世界，一起去愛人世，並且一起去承受生命之杯。所以，如果在春日的晴空下你在癡癡的看一株粉色的「寒緋櫻」，你已經給了我最美麗的示愛。如果你虔誠的站在池畔看三月雀榕樹上的葉苞如何——驕傲專注的等待某一定時定刻的爆放，我已一世感激不盡。你或許不知道，事實上那棵樹就是我啊！在春日裡急於釋放綠葉的我啊！至於我自己，愛我少一點吧！我請求你。（《我在》）

前半「愛我多一點，好嗎？」是浪漫之愛的呼喚，呼喚愛的溫度；不求「我是你的第一」，但求「我是你的唯一」，全力擁抱「相見」、「相戀」、「相知」、「相守」，直指「愛的神聖瘋狂」，動人心魄。反觀後半「愛我少一點，我請求你」是古典之情的上揚，上揚愛的高度，不求愛的痴狂，但求愛的清明；全力拒絕小愛的沾滯，擁抱大愛的廣角與深度，直指「愛的沉醉清醒」，靜水流深。文中張曉風自「愛我多一點」的入乎其內，「愛我少一點」的出乎其外；共譜「浪漫」與「古典」的相對相融，形塑瘋狂與清明的對立統一，映射愛的雙重性格。

其次，以洛夫新詩〈愛的辯證（一題兩式）〉為例，新寫「尾生與女子期於梁下，水至不去，抱梁柱而死」的事件。

洛夫〈愛的辯證（一題兩式）〉
式一：〈我在水中等你〉
水深及膝

淹腹

一寸寸漫至喉嚨

浮在河面上的兩隻眼睛

仍炯炯然

望向一條青石小徑

兩耳傾聽裙帶撫過薊草的窸窣

日日

月月

千百次升降於我漲大的體內

石柱上蒼苔歷歷

壁上長滿了牡蠣

髮，在激流中盤繞如一窩水蛇

緊抱橋墩

我在千噚之下等你

水來我在水中等你

火來

我在灰燼中等你

式二：〈我在橋下等你〉
風狂，雨點急如過橋的鞋聲

是你倉促赴約的腳步？

撐著那把

你我共過微雨黃昏的小傘
裝滿一口袋的
雲彩，以及小銅錢似的
叮噹的誓言

我在橋下等你
等你從雨中奔來
河水暴漲
河湧至腳，及腰，而將浸入驚呼的嘴
漩渦正逐漸擴大為死者的臉
我開始有了臨流的怯意
好冷，孤獨且空虛
像一尾產卵後的魚

篤定你是不會來了
所謂在天願為比翼鳥
我黯然拔下一根白色的羽毛
然後登岸而去
非我無情
只怪水比你來得更快
一束玫瑰被浪捲走
總有一天會漂到你的手中（《釀酒的石頭》）

第一式〈我在水中等你〉是死者的告白，由生前等待至死後的不悔，以一縷水中幽魂見證「死了都要愛」的痴迷，即使世人笑說「愛到卡慘死」，也甘之若飴，視死如歸，視承諾為無上榮耀，蠟炬成灰，灰燼中盡是我真愛的燃燒。第二式〈我在橋下等你〉，「我」的理智擡

頭，好死不如歹活。因緣不足，何必強求？情海無涯，回頭是岸，終
究要認清事實。浪漫終敵不過殘酷的現實。只有活著，才有想頭，才
能紅紅火火，吾輩休戀逝水，邁步向前。另方群亦有〈愛的辯證（二
式）〉（《航行，在詩的海域》，訴說針孔監視器下的情欲世界，可對照
參閱。）

　　復次，在小說上，以《十日談》中第五日〈殺鷹〉的故事為例，
梗概如下：

> 一個叫費得里奇的青年為了追求一位叫喬凡娜的婦女而傾家蕩
> 產、淪入貧困之中，他身邊的啞財產是一隻鷹。不久喬凡娜的
> 丈夫去世，兒子也因過分喜愛那隻鷹但不能到手而得病。臨終
> 前請求母親去將那隻鷹弄來，喬無奈去費家，費為款待她而殺
> 了那隻鷹。結果喬空手而歸，兒子抱憾而死。但費的慷慨使喬
> 回心轉意，作了他的妻子。

徐岱指出：

> 正如布斯所指出的，這樣一個故事梗概可以具體地展開為無數
> 的各不相同的情節，塑造各種不同的性格，表達不同的主題，
> 取得完全相反的效果。譬如它可以寫成一個笑劇：先突出費得
> 里奇的愚蠢的奢侈，後又使得這個愚蠢之舉居然獲得有意味的
> 結尾，以體現一種荒謬，在這個荒謬中的女主角喬也便是一個
> 可笑的女人；但也可以寫成一齣喜劇，所謂「有情人歷盡磨難
> 終成眷屬」；如果稍稍動點手術（譬如將最後喬的改嫁去掉），
> 還可以寫成悲劇。[8]

8　徐岱：《小說敘事學》（北京市：中國社會科學出版社，1992年），頁179。

可以一題三寫，寫出「笑劇」（鬧劇），「喜劇」、「悲劇」三種結局，展現作者立意向度的豐贍。凡此多重結局的安排，不同抉擇的多樣變化，在在挑戰作者認知的流暢力。

至於在電影上，以黑澤明導演《羅生門》為例，電影取材芥川龍之介〈竹藪中〉與〈羅生門〉，全片敘述如下：

1. 丈夫屍體的發現——樵夫所說之謊言。
2. 看見男子與妻子在竹藪裏——行腳僧說出之真話。
3. 多襄丸被捕——衙吏說出。樵夫和行腳僧說出之真話。
4. 多襄丸故事的說法——多襄丸說出。樵夫所說之謊言。
5. 妻子的說法——妻子說出。行腳僧說出的話。
6. 丈夫的說法——丈夫透過靈媒而說出。可視作行腳僧所說之一般真實。
7. 樵夫的說法——樵夫所說的謊言。[9]

交代出三種結局：

1. 強盜多襄丸殺了武士（丈夫）。
2. 妻子殺了丈夫（武士）。
3. 武士（丈夫）自殺。

劇中人物，加上樵夫，分別講出「部分真實」，也講出「部分謊言」；在相互否定、相互肯定中，直指人永遠只能偏知，無法全知，無法真正判斷真實。片中結尾，行腳僧、樵夫、下人的對話，饒富深意：

9 唐納・麥奇著，曹永洋譯：《電影藝術・黑澤明的世界》（臺北市：志文出版社，1975年）。

下人：我認為那樣，那就是事實。

樵夫：我不會說謊，我親眼看到那一切的。

下人：我還是懷疑。

樵夫：我沒有說謊。

下人：嗯，那正是你所說的，不是嗎？──當人說他要告訴另一個人時，沒有人肯說自己是撒謊的。

行腳僧：那是多可怕啊！倘若人人都不說真話，彼此間不說真話，那麼這世界實在會變成煉獄哪。

下人：一點不錯，我們生活的世界就是一個煉獄吶。

行腳僧：（看到樵夫抱起嬰孩，誤會了他的意圖）你要做什麼呀──連他剩下來的一點東西也想拿走嗎？

樵夫：我自己有六個孩子，再多一個也不至於活不下去的。

行腳僧：我很抱歉，我不該說那樣的話。

樵夫：噢，人不可能不懷疑人的，我自己就是該自覺羞愧的人，我不曉得我為什麼要做那樣一件事。

行腳僧：我很感激你，因為……得謝謝你，我想我將由此能夠保持住我對人類的信仰。

原來說謊之必要，不說真話之必要，自欺之必要，此即軟弱人性的真實，與真理無關。然而人性仍有美麗的 DNA，人性未泯；自謊言陰影中，露出一點光，又成肯定之必要，信任之必要，一點點善良之必要。此則人生中「是非關係不穩定」的弔詭，有陽光就有陰影，有陰影就有陽光，相生相剋，相反相成。

六　語文創思與精密

　　語文創思的「精密」，是質的提升，意義的躍進。始於字句的延展衍生，次於結構的層層遞進，終於立意的擴大深化。在「加值加價」的提升上，層次分明，層層深入；由情節而細節，由粗筆而細筆，多了進一步演繹，多了深一層的敘述；得以用語精進，結構精湛，立意精妙；超越平常，展現超常，醒心豁目，使人折服。

（一）字句衍生

　　字句的衍生，即字句的歷時延長，展開新的關係，新的變化；包括描寫與敘述的多一層衍生，多一層深化。猶如解構主義中「延異」（difference）的延伸、延宕，產生新義，開展新的差異。

　　以諺語為例，如耳熟能詳的句子：

1. 鳩佔鵲巢。
2. 十年河東十年河西。
3. 千金難買早知道。
4. 上梁不正下梁歪。
5. 睜一隻眼，閉一隻眼。

可以再求精進：

1. 鳩佔鵲巢，連喜鵲也啄傷。
2. 十年河東十年河西，莫笑窮人穿破衣。
3. 千金難買早知道，千千萬萬想不到。
4. 上梁不正下梁歪，下梁不正倒下來。

5.睜一隻眼,閉一隻眼,要對自己好一點。

第一例藉由類字(「鵲」),寫「鳩」的侵門踏戶,喪盡天良,令人髮指。二至五例,再添押韻,進一步衍生。第二例點出風水輪流轉,不要今日笑人,明日被笑。第三例點出事事難料,匪夷所思,無法預料。第四例指出「父不賢,子不肖」的下場,終至屋塌牆倒,自食惡果。第五例指出「將就」的真正深意,並非疾言厲色,鬥氣鬥力,而是學會放下,學會和光同塵,學會與知足、快樂相處,贏得健康自在。

又如「水」的意象,針對個人的「一杯水」、「一瓢水」,可以有多層的感悟:

1.如果你是一杯水,可以自己喝;如果你是一桶水,可以給家人喝;如果你是一條河,可以分給大家喝。(網路)
2.那進了河流的,就是河水了,那進了湖泊的,就是湖水了,那進了大江的,就是江水了,那蒸發成的,就是雨水、露水了。我只是天地間的一瓢水!(王鼎鈞《左心房漩渦》)

第一例自「一杯水」、「一桶水」、「一條河」的層遞中,由內而外,由己及人,指出「成長」(照顧自己)、「成熟」(照顧家人)、「成就」(照顧大眾)的三個境界。第二例王鼎鈞自「一瓢水」的流浪,從平面的「河」、「湖」至「江」,再至「氣」升、「雨」降、「露」凝的蛻變,正是多層飄泊;由「水」液態、氣態的一再轉化,實為王鼎鈞時代亂離,飄泊天地的寫照。反觀以「海」為意象。如:

1.世上最寬廣的是大海,比大海寬廣的是天空,比天空寬廣的是人的心靈。(雨果)

2. 比大地遼闊的是海，比海洋廣袤的是天，比蒼穹無限的是想像，使想像壯麗的是靈，……使靈不墜的是愛，使愛發出烈焰的是冰雪人格。（簡媜《夢遊書》）

第一例雨果由「大海」、「天空」的具體空間，反襯「人心」的至大無外，無與倫比。第二例簡媜由「海」、「天」、「想像」、「靈」、「愛」的層層深入中，由外而內一再推論；最後歸結於「冰雪人格」的粹然上揚，無遠弗屆。凡此，即描寫與敘述的衍生精進。

（二）結構遞進

所謂結構遞進，即將一般人常用的兩層（表裡）思維，推向三層或三層以上，讓意象、節奏、主題層樓更上，更顯形感、音感、義感的多重趣味。

以現代詩為例，詩人往往別有會心，自看似沒有關係的景物中，靈光乍現，別有體悟。如：

1. 我在母親的懷裡，
   母親在小舟裡，
   小舟在月明的大海裡。（冰心〈春水〉）
2. 你站在橋上看風景，
   看風景人在樓上看你，

   明月裝飾了你的窗子
   你裝飾了別人的夢。（卞之琳〈斷章〉）
3. 如果菜單
   夢幻
   像詩歌

那麼帳單
清醒
像散文

而小費呢
吝嗇
像稿費

食物中毒
嘔吧
像批評（余光中《高樓對海・食客之歌》）

第一例冰心從「我」、「母親」、「小舟」、「大海」的空間遞升，層層包孕，帶出人與風景的相融與和諧。第二例卞之琳自「看風景人」、「你」、「風景」的空間位置、「明月」、「窗」、「夢」的物我連線，揭示主客易位的乍然哲思與情思。第三例余光中自「夢幻」、「清醒」、「吝嗇」、「嘔吧」的遞降中，喻指「詩歌」、「散文」、「稿費」、「批評」的浪漫與現實，美好與失落；歌中搖曳著食客「吃味」的反諷之音。

其次，在最短篇、極短篇上，亦可輕而不薄，短而不小；藉尺幅與波瀾，展現多層精進。如：

1. 他站在八十樓辦公室的落地窗眺望都市，他以為自己已經處身於最高的地方。
   他成功登上沙巴神山時遙望無邊無際的雲海，他以為自己已經來到世界最高的地點。

直到他下山時發生意外上了天堂，這時鳥瞰大地的一景一幕，才知道這裡才是最高最遠的地方。（陳偉哲〈最高〉）

2. 戀愛時，兩人在灌木叢下促膝密談，一隻蚊子不識相，在旁嗡嗡叫，咬了她一口，又咬他一口，兩人的手臂腫了個包，卻不以為忤，念及英國玄想派詩人鄧約翰的〈跳蚤〉詩，浪漫的想起兩人的血液在蚊子體內結合。

婚後，他習慣早起寫作。一日清早，她滿臉惺忪，氣沖沖對他抱怨：「一隻蚊子吵得睡不好。」他緊蹙雙眉，扶案疾書，被她突如其來的聲音打斷，不禁怒從中來：「我一個大男人，還要管妳一隻蚊子的事，怕吵，怎麼不掛蚊帳？」望著他的不耐煩，她心底一陣酸澀委屈⋯⋯

如今老夫老妻生活下來，他每晚必將蚊帳掛好，先行入睡暖被，她常戲稱他是「現代孝子」。一日，她一躺下，聽見有細微的嗡嗡聲，不禁驚呼：「有蚊子！」他睡意朦朧，卻弓身仰起：「有什麼？——」

「一隻蚊子在蚊帳內。算了，不是很吵⋯⋯」

「不行，妳不是怕吵嗎？」

他一躍而起，戴上眼鏡，在蚊帳內追捕那隻蚊子。（顏藹珠〈一隻蚊子〉）

第一例陳偉哲〈最高〉，藉由「八十樓辦公室」、「沙巴神山」、「天堂」三個制高點，揭示「一山還有一山高」，直如杜甫所謂「會當凌絕頂，一覽眾山小」的大開眼界。逮至篇末，再翻上一層，則是「會當凌絕命」，直抵天堂之門，才真正徹內徹外完全領悟。篇中結合視角的意外，當由生者之眼至死者之眼，才能打破限制，有所突破，有所新發現。反觀第二例，顏藹珠〈一隻蚊子〉，一掃兩層反諷的設

計，以「蚊子」為意象，折射「情人」、「家人」、「伴侶」的三種變化，呈現「相親」、「相怨」、「相知」的成長軌跡。首先自先揚後抑（第一段、第二段）中，見事與願違的反諷；再自先抑後揚（第二段、第三段）中，見二度和諧的喜劇。至此，男子化消極性格為積極性格，一改昔日的傷人傷心為今朝暖心暖日，讓全篇在反諷之後，多了一種喜感；無疑在「有意外」之餘，多了一層「有意思」、「有意味」的回甘。當然也可以再發展至第四層，採佛教「眾生平等」的立意，與蚊子和平相處。

（三）立意的擴大

　　立意的擴大，展現通識的廣度，見識的高度；不停在一般人「常言」、「已言」的階段，邁向「罕言」、「妙言」的層次；不限制在「常見」、「已見」的經驗，提升至「罕見」、「洞見」的覺察；深耕廣織，更顯精采。

　　以散文為例，面對「太陽」意象，可以有不同層次的立意。如：

1. 把臉迎向陽光，你便看不到陰影。（海倫・凱勒）
2. 當你背向太陽的時候，你只看到自己的陰影。（紀伯倫）
3. 你的身旁有陰影，只因為你自己擋住了陽光。（劉明鑒）
4. 陽光和四十多年前一樣燦爛，你擔心什麼？沒有陽光，你就把自己變成陽光，做一個讓別人安心的人。（隱地《隱地兩百擊・陽光大道》）

第一例中「陽光」，是開朗、樂觀、希望，永遠充滿溫暖、向上的熱情。第二例指出「背向」陽光，拒絕明亮，坐困愁城，喪失活力，只有與陰影為伍，終被吞沒。第三例指出不必怕陰影，更不必怕沒陽光；信心夠強，心願夠大，可以一直發光發熱，自己永遠光輝燦爛。

凡此三例，均就「陽光」客體的熱源上來立論。其中隱地則打破「主客對待」的模式，讓「陽光」由客體變成主體。因此，當陽光缺席時，讓自己變成陽光；不必詛咒四周有陰影，不必擔心今天沒有太陽；只要心態夠陽光，勢將燦爛明亮，生活永遠有希望。似此立意，可謂高人一層。又以「弓」、「箭」的意象為例，如：

1. 桌曆提醒我今年很快就要被趕走了，而我是安置在時間這張弓上的一支箭，很快的就要被射到明年的時間疆域裡去，再也不可能回頭。雖然不情願，卻也沒有選擇的權利。（鍾怡雯《聽說・節奏》）

2. 邦兒已如射向遠方的箭，沒入土裡，歲歲年年，我這把人間眼淚鏽染的弓，只怕再難以拉開，又如何能夠補恨於今生！（陳義芝《為了下一次的重逢・為了下一次的重逢》）

3. 弓在箭離弦前，對他低語道──「你的自由是我的。」（泰戈爾《漂鳥集》）

4. 可歎息的是，如果這些人是箭，那麼他們的弓呢？他們被什麼力量所主掌？他們是不是已對準了自己的方向呢？（林清玄《清涼菩提・札記一束》）

第一例以己喻「箭」，以時間喻「弓」，述說只能往前，無法回頭。第二例以人子喻「箭」，以人父喻「弓」，射向遠方，幽明兩隔。第三例將「弓」、「箭」擬人，訴說「弓」的限制，也訴說「弓」的成全。至於第四例將「弓」、「箭」拉高至「弓箭手」的層次，直指冥冥不可測的命運之神，則是立意的擴大，遞進的反詰，激發更深入的思維。

　　其次，在短篇小說上，以「花」的意象為例，可藉由意象統一，貫串全篇，構成象徵；發揮一象多義的創造性，折射幽微繁複內蘊。如：

1. 華夫人跨進了那片花叢中，巡視了一番，她看到中央有一兩棵花朵特別繁盛，她走向前去，用手把一些枝葉撥開，在那一片繁花覆蓋著的下面，她赫然看見，原來許多花苞子，已經腐爛死去，有的枯黑，上面發了白霉，吊在枝枒上，像是一隻隻爛饅頭，有的剛萎頓下來，花瓣都生了黃銹一般，一些爛苞子上，斑斑點點，爬滿了菊虎，在啃齧著花心，黃濁的漿汁，不斷的從花心流淌出來。一陣風掠過，華夫人嗅到菊花的冷香中夾著一股刺鼻的花草腐爛後的腥臭，她心中微微一震，她髣髴記得，那幾天，他房中也一逕透著這股奇怪的腥香，她守在他牀邊，看著醫生用條橡皮管子，插在他喉頭上那個腫得發亮，烏黑的癌疽裏，晝夜不停的在抽著膿水，他牀頭的几案上，那隻白瓷膽瓶裏，正插著三枝碗大一般的白菊花，那是她親自到園裏去採來插瓶的。（白先勇《臺北人‧秋思》）

2. 就在那濃密羅蓋的頂端，盈盈亭亭，怕不有幾百朵盛放的杜鵑花，花瓣通體似雪玉一般，無一絲雜色，卻恰恰在花蕊微露的部位，有一小汪殷紅。從我所站的這個角度看去，這成百上千朵晶瑩白潤的杜鵑花，簡直就像是個含著一口又濃又腥的鮮血，從那麼多的咽喉裡蠕動著，迂緩而無從堵塞地湧流出來。
（劉大任〈杜鵑啼血〉）

第一例〈秋思〉，是華夫人和華將軍的切片顯影。「一捧雪」的白菊，成為全篇象徵，意涵有四：

(1)「一捧雪」花如其名，既珍貴又脆弱。

(2)「一捧雪」繁花下的爛苞腥臭，是華夫人「生之華麗」與將軍「死之腥臭」的寫照。

(3)「一捧雪」是華夫人本身的暗示，雪白其外，枯黑其內。

（4）「一捧雪」是華夫人、萬夫人等類型的象徵，枯榮同步，再
　　　怎麼翻騰顯赫，也是短暫插曲，將消失在時代的秋風裡。
其中第四層，即〈秋思〉全篇立意的擴大與深化，終究時代成全將軍
與夫人，也作弄將軍與夫人；急管繁絃到最後也不免是聚散無常的回
響。反觀第二例〈杜鵑啼血〉，沿承傳統「杜鵑泣血」的神話，訴說
四姨經歷文革，發病的恐怖事件。「杜鵑」的象徵有三：

（1）療養院的杜鵑白中暗紅，暗紅似血；似生命的壓抑，缺乏活
　　　力。

（2）杜鵑花由重病四姨照顧，花面相映，屍居餘氣，同病相憐，
　　　為四姨身影寫照。

（3）杜鵑花瓣原來是心肺的驚心投影。細姨瘋狂似用尖刀剜出羅
　　　誠心臟，塞在嘴裡亂咬；失心瘋的行徑，讓杜鵑花瓣成為心
　　　肺的恐怖象徵。

全篇〈杜鵑啼血〉，表面寫四姨驚心動魄的特殊病例，但實則指控文
革中人性扭曲。四姨天真無知，明明「對的人」生在「不對的時
代」，一步一步走入失心瘋的慘境，成為命運無奈的反諷。原來「不
對的時代」才是真正的主角，天地不仁，以萬物為芻狗，主角只有
「時代」一位；至於所有亂世兒女都是跑龍套的配角，只是鑼鼓喧天
中的點綴，四姨亦然，愛人同志羅誠亦然。
　　由此看張愛玲〈愛〉中「桃樹」：

　　這是真的。
　　有個村莊的小康之家的女孩子，生得美，有許多人來做媒，但
　都沒有說成。那年她不過十五六歲罷，是春天的晚上，她立在
　後門口，手扶著桃樹。她記得她穿的是一件月白的衫子。對門
　住的年輕人同她見過面，可是從來沒有打過招呼的，他走了過

來，離得不遠，站定了，輕輕的說了一聲：「噢，你也在這裡嗎？」她沒有說什麼，他也沒有再說什麼，站了一會，各自走開了。

桃樹下的妙齡女子，人面桃花相映紅，該是「桃之夭夭，灼灼其華」的美好。和對門年輕有緣相見，後來便不見，徒留「噢，你也在這裡嗎」的空谷跫音，迴盪在心。後半女子命運急轉直下，被拐被賣，飄蓬轉燭；直至老時，仍念念不忘當年「思無邪」的親切招呼：

> 就這樣就完了。
>
> 後來這女子被親眷拐子，賣到他鄉外縣去作妾，又幾次三番地被轉賣，經過無數的驚險的風波，老了的時候她還記得從前那一回事，常常說起，在那春天的晚上，在後門口的桃樹下，那年輕人。
>
> 於千萬人之中遇見你所遇見的人，於千萬年之中，時間的無涯的荒野裡，沒有早一步，也沒有晚一步，剛巧趕上了，那也沒有別的話可說，唯有輕輕的問一聲：「噢，你也在這裡嗎？」
>
> （張愛玲《流言》）

結尾張愛玲加以擴大，擴大妙齡女子個案，為所有薄命女子的類型，美人沒美命，徒留「有緣碰頭，無緣一起白頭」的殘念。如此一來，桃花樹上年年灼灼其華的桃花，終成命運無奈的反諷，迴旋「時也，運也，非我所能也」的輕喟深慨。回首向來蕭瑟處，只有當初交會時的一句美感興發，迴響於殘念之中。

似此極短篇，以一生的滄桑與飄泊跳接，讓「桃樹」在前後呼應中成為女子宿命的象徵：難逃命運之網的「束」縛，繞了一大圈，結

果又走回來。過去如此，現在如此，未來也如此，無所逃於廣宇悠宙之間，徒留望風懷想；以曾經擁有的瞬間美感，安慰此生有緣無分的傷感，仰望桃樹，仰望星空。

七 語文創思與獨創

語文創思的「獨創」，是相對的新穎。始於感覺經驗的陌生，次於表現手法的翻新，終於主題內涵的超越。在「一新耳目」的開拓上，另闢蹊徑，打破常軌；思人所未思，寫人所未寫；言人所未言，想人所未想；開發語言藝術的新感性，體現生命追尋的新境界，成就「壯麗」、「精約」、「遠奧」、「典雅」、「新奇」等獨特的語言風格。[10]

當然由「相對的新穎」，可以再求進化，臻及「絕對的新穎」；由「有中生有」的獨創，邁向「無中生有」的獨創；由反光體一躍而為發光體，由「目中有人」的觀摹，展現「受成規制約的創造性」；再求「目中無人」的一無依傍；直達「變更成規的創造性」[11]；則是攀山越嶺，勇闖獨創的高峰，單挑語文創思的極至。

（一）感覺經驗的陌生

感覺經驗的陌生，是語言新感性的重新召喚，文字審美跳躍的重新激活；重新恢復對生活對事物的生猛感知，綻放「超越自己」、「超越同輩」、「超越前賢」的精湛，展現「不太一樣」、「很不一樣」的生新藝境。

首先，以「聲音」為例，即可打破以視覺觀物、以聽覺聞聲的經

---

10 馬大康謂：「能否形成自己的語言風格，是一個作家是否成熟的標誌，而風格的獨特性和豐富性又往往是作家創造力的重要表現。」見其《詩性語言研究》，頁40。

11 鄭樹森：《文學理論與比較文學》（臺北市：時報出版公司，1982年），頁42。

驗，加以轉化；化聽覺為視覺，化聽覺為味覺的新穎通感，形成「感官經驗共通」的移覺。如：

1. 高處有一隻小窗戶，安著鐵條，窗外黎明的天色是蟹殼青。後院子裡一隻公雞的啼聲響得刺耳，沙嘎的長鳴是一隻破竹竿，抖呵呵的豎到天上去。(張愛玲《怨女》)

2. 成人不透明，他總是把一首藍色的歌加點紅，喝成了紫。或者加點黃成了綠。結果詮釋變成了扭曲。他又像在素雅的雪菜百葉的翡翠白玉般的組合加了一匙黑的醬油。(張曉風〈聞歌〉)

第一例中公雞啼聲，不只是聲音，而是看得見的「一隻破竹竿，抖呵呵的豎到天上去」，用「抖呵呵」描繪啼聲的「抖音」、「顫音」，如聞其聲，新穎細膩。第二例寫成人沙啞拙劣歌聲，不直接說荒腔走板，不忍卒聞」，反以通感描繪。於是一首憂鬱之歌，變成「紅、紫、黃、綠」的色彩大雜燴；一首素雅如「雪菜百葉」、「翡翠白玉」的純淨之歌，硬是污染視覺，唐突味覺，變成「加了一匙黑」的大煞風景；分明在五種感官經驗的會通中，語帶嘲諷。又如以「花」的描寫為例，如：

1. 還有一種花的花名也取得好，叫一支紅，很古典，又很潑悍。其實那花倒也平常，只是因為那麼好的名字，看起來只覺得是一柱仰天竄起的紅噴泉，從下往上噴，噴成一支，噴成千仞，噴成一個人想像的極限。(張曉風《步下紅毯之後・花之筆記》)

2. 母親說過，舅媽是個神經極衰弱的女人，一輩子專愛講鬼話。當我走到園子裡的時候，卻赫然看見那百多株杜鵑花，一毬堆著一毬，一片捲起一片，全部爆放開了。好像一腔按捺不住的

　　鮮血，猛地噴了出來，灑得一園子斑斑點點都是血紅血紅的，
　　我從來沒有看見杜鵑花開得那樣放肆，那樣憤怒過。（白先勇
　　《臺北人‧那片血一般紅的杜鵑花》）

第一例張曉風以「一柱仰天竄起的紅噴泉」喻「一丈紅」，化靜默固
態為喧嘩液態，以「噴」字動詞，極其空間的延伸，呈現紅艷艷的水
舞，恣縱視聽之娛。第二例白先勇亦以誇張移覺（「一腔按捺不住的
鮮血，猛地噴了出來」），寫出杜鵑花的詭魅鮮艷，以「放肆」、「憤
怒」之姿，隱隱將杜鵑花擬人，「斑斑血紅」是通感的驚心，更是種
花人正雄死後的幢幢身影，恍惚其間，增添想像空間。
　　其次，在新詩中以「海」為例，可以化被動為主動，化形象為意
象，開拓嶄新的感知與感悟。如：

1. 我們已經開了船，在黃銅色的朽或不朽的太陽下，
　在根本沒有所謂天使的風中，海，藍給它自己看。（瘂弦《瘂弦
　詩集‧出發》）
2. 海裸在遼闊裡
　握著浪刀
　一路雕過來
　把山越雕越高
　一路雕過去
　把水平線越雕越細（羅門《羅門詩選‧海邊遊》）

第一例海天一色，藍得透明，藍得發亮，藍得自在。瘂弦一掃「海，
藍給別人看」的慣性依賴，回歸「藍給它自己看」的自足無待；不必
在乎別人的眼光，獨享自己容貌的本真，照見存在的素顏，悠然而自

得。此詩將「藍」的詞性活用（「轉品」）下，兜出「湛藍之天，湛藍之海」的轉換視角，刷新語境。第二例，羅門一掃「海一片遼闊」的靜態，為擬人動感；一改「浪花」的習慣用語，為新穎擬物的「浪刀」；兜出裸體藝術家的鬼斧神「雕」，曠世巨作，開拓大海的異想世界，創新生色。似此通感（「移覺」）、轉化（「擬人」）的妙用，往往是形塑「感覺經驗的陌生化」的本領所在，點鐵成金，追求新穎奇崛，亦追求平易自然。

（二）表現技巧的翻新

　　表現技巧的翻新，是作者本身求變求新的超越，有志打破常見的結構模式，免除書寫的彈性疲乏，力求出奇制勝的新穎變化。尤其在相同文類、同一主題的競技下，不同文類、同一題材的改寫中，作者不願舊調重彈，招式用老，無不推陳出新，另起爐灶，言別人所未言，發別人所未發。[12]

　　首先，在相同文類上，李白兩首懷古七絕，即有不同結構設計：

1. 舊苑荒臺楊柳青，
　 菱歌清唱不勝春；
　 只今惟有西江月，
　 曾照吳王宮裡人。（李白〈蘇台覽古〉）

2. 越王勾踐破吳歸，
　 義士七家盡錦衣；

12　黃永武謂創新即「無理而妙」、「反常合道」，古典詩中有七種手法：不用日常語言習慣的連接法、改變關鍵字詞性、出奇的聯想、常字新用、不合理的誇張、主觀想像的改造，主觀的推理方式。見其《中國詩學——設計篇》（臺北市：巨流圖書公司，1976年），頁249-275。

宮女如花滿春殿，

只今惟有鷓鴣飛。（李白〈越中覽古〉）

同為「物是人非」的主題，兩首表現手法，相同的只有「只今惟有」
四字，而差異如下：

(1) 結構：〈蘇台覽古〉四句，分別為「起、承、轉、合」，屬於
　　　常見演繹模式；〈越中覽古〉四句，分別為前三句
　　　「起、承」，最後一句「轉、合」，較為特殊罕見歸納
　　　法。

(2) 轉折：〈蘇台覽古〉是漸轉，逐漸偏離，三四句娓娓道出；
　　　〈越中覽古〉是陡轉，平行開展，第四句瞬間爆破，
　　　戛然而止。

(3) 效果：〈蘇台覽古〉定格「只今惟有西江月，曾照吳王宮裡
　　　人」，以景作結，婉曲入味；〈越中覽古〉則自「只今
　　　惟有鷓鴣飛」的跳接中，陡然翻轉畫面，愕然震撼。

相對於第一首〈蘇台覽古〉「由昔而今」（前兩句），「由今而昔」（後
兩句），演繹開展；第二首〈越中懷古〉由昔（前三句）而今（最後
一句），歸納乍收；可謂別出一格，手法新穎，更顯強烈反諷。[13]

　　其次，在不同文類中，同一題材的改寫，最容易經由文類美學特
徵差異，改頭換面，舊酒裝新瓶。以李白〈蘇台覽古〉、〈越中覽古〉
七絕而言，逮及新詩，則有「白話」的表現手法，不同「語感」的生
新設計。如管管〈房子〉：

---

13 張春榮：《極短篇的理論與創作》（臺北市：爾雅出版社，1999年），頁43；李元
　洛：《詩美學》（臺北市：東大圖書公司，1990年），頁402；黃國彬：《中國三大詩
　人新論》（臺北市：源流文化公司，1982年），頁125。

那間

住過元朝

住過明朝

住過清朝

住過民國的房子

如今

住了一房子的

草！

也好（管管〈房子〉）

李白古典詩，立足唐代，緬懷春秋戰國吳宮、越宮的遺址；反觀管管新詩，化客觀景物為擬人情境，以「住」字動詞，貫穿古今；藉由統一強化的節奏，帶出主角（「房子」）換人（「草」）做做看的變化。管管一改李白七絕「物是人非」的感傷，為「草是房非」的感悟，以「也好」的評斷，揭示遲早的公平；跑龍套的配角（「草」）終於可以熬出頭，站上台前，成為最佳主角，自元明清迄今，無人可以取代。此即泰戈爾所云：

小小的青草，你的步子是小的，但你佔有了你踏過的土地。
（泰戈爾《漂鳥集》）

似此擬人視角的轉換，表現手法的更新；景中有情，情中有理，最能抉幽發微，發人醒思。

又如白居易五律結尾：

野火燒不盡，

春風吹又生。（白居易〈賦得古原草送別〉）

在文本互涉間，可以化詩歌為小說，化吟詠為對話，化純粹景物為動態演出。如杏林子寓言〈小草〉：

次春，小草長滿原野，一片欣欣向榮。

命運之神訝然說：「你們不是已經死了嗎？」

小草回答說：「你扼殺得了生命，扼殺不了生機！」（《現代寓言》）

以「命運之神」與「小草」兩者的衝突、對話，彰顯「小草」似弱實強的自由意志，可以被打敗，不能被毀滅；英雄不死，只是暫時隱退，「生命」雖說纖細有限，但「生機」堅韌無限；終成命運之神打不倒的對手，長青無限，精神永存。似此表現手法，確實令人耳目一新。

（三）主題內涵的超越

主題內涵的超越，在於揮別陳言、常言，升至精言、妙言，涵蓋更廣更深的訊息；由「對象語言」，提高至「後設語言」、「啟發語言」的洞見；由抽象思維的敘述，提升至形象思維的多義象徵；由形式思維的辨析，擴大至辯證思維的深刻悖論；由「求異」的出奇，走向「求優異」的超越，展現綜合的創新。

就古典詩詞而言，作品要能戛然獨造，再造新穎，要在感染之餘，深具穿透力，透視真相的曙光，撞擊詩性智慧的火花。如：

1. 酒是穿腸毒藥，色是刮骨鋼刀，

   財是喪氣之物，氣是惹禍根苗。（韓湘子）

   無酒不成禮儀，無色路斷人稀，

   無財哪有世界，無氣反被人欺。（呂洞賓）

   飲酒不醉為最高，愛色不迷是英豪。

   誰能跳出牆垛外，寬容大度氣自消。（漢鍾離）

2. 少年聽雨歌樓上，紅燭昏羅帳。中年聽雨客舟中，江闊雲低，斷雁叫西風。　而今聽雨僧廬下，鬢已星星也。悲歡離合總無情，一任階前點滴到天明。（蔣捷〈虞美人〉）

第一例為八仙中韓湘子、呂洞賓、漢鍾離三人對話，前後針對「酒色財氣」，展現「正反合」的辯證。韓湘子指出四者的缺點，呂洞賓提出四者存在的必要，漢鍾離統攝二人觀點，揭示「對立統一」的超越，宜「入乎其內，出乎其外」，不醉亦不迷，知足自在，有容乃大，邁向更高的涵養，更新的境界。第二例由少年之「歡」至中年之「悲」，再至老年之「悟」，展現詩性智慧的上揚。篇末揭示「悲歡離合總無情」的深旨，並非「無情」的冷凝，而是「無執情」的化解。三場人生的「聽雨」，聽出三種不同的境界。最後的「雨滴」過而不停，而不留，是時間的推移，是空間的移位，更是人生的象徵，訴說客觀的真實。原來大滴小滴都是雨，悲悲歡歡都是情緒，離離合合都是過程，都是渺小人生的縮影；相續相斷，續斷無間，迎接「天明」，迎向不可知的「未來」。

　　其次，古典散文亦然。元代戴帥初即云：「凡作文發意，第一番來者，陳言也，掃去不用；第二番來者，正言也，停止不可用；第三番來者，精意也，方可用之。」（陳繹曾《文說》引）力求刮垢磨光，能憂然獨造，精光四射。逮及現代散文，不遑多讓，則自辯證思

維、後設語言，最能跨越約定俗成的無感，破迷解惑，豁然開朗，呈現嶄新的體現。如：

1. 城邊上，設了一座戲台，不知為什麼，站在空空的既不見演員又不設道具的戲台前無端想哭。沒有鑼，沒有笛子，沒有弦，沒有蟒袍，沒有霞帔，沒有一隻馬鞭所代表的千里坐騎，沒有一根彩帶所甩出的滿天花雨，但，那戲台自己就是戲啊！那萬里望之不盡的荒天漠地，才是舞台，綿亙不斷的祁連山是遠方的佈景，至於這凡人搭出來的戲台只是一個角色，用他喑啞的聲音唱著他自己的滄桑。（張曉風《星星都已經到齊了・城門啊，請為我開啟》）

2. 什麼是慈悲呢？「慈」在佛教裡原來的意思是「予樂」，亦即給別人快樂叫「慈」。什麼叫「悲」呢？「悲」是「拔苦」，把別人的痛苦拔起來。如果一個人可以拔除別人的痛苦、給別人快樂，這樣的人就是有慈悲心的人。
我們看看「慈」、「悲」這兩個字，「慈」的上面是個茲，「茲」就是如此如此、如是如是；下面是個心，所以「慈」是每個人原來都有的心，如是心。「悲」上面是個非，下面是個心，這是說「悲」是透過改革與創造而得到的心。（林清玄《身心安頓》）

第一例張曉風打破「台上」、「台前」、「台下」、「台後」都是戲的觀念，自後設認知上拈出「戲台」也是「角色」，也是演員。「戲台」乍看只是無足輕重的「背景」，但在無人傾聽的時刻，唱出沉默之歌，唱出千古滄桑之音，成為最曖曖含光的偉大演員。似此「戲台自己就是戲」的後設觀照，視角轉換，直指「相反」（場景）「相成」（人

物）的深刻內蘊，提供新視野的另類美學，無疑是「質量互變」的審美激活。

第二例林清玄先說明「慈悲」原義為「與樂拔苦」，慈是分享，悲是分擔；有慈悲心的人，因慈而悲，因悲而慈。繼而自「慈」、「悲」的字形上加以發揮，不管二字原為「形聲」，逕自「會意」上提出新解。「慈」是「茲心」，非「滋生之心」而是「原生此心」；「悲」是「非心」，「非」當動詞，要能「非掉心的無明」。由此提出修行的進路，是由「非心」（悲）至「茲心」（慈）；刮垢磨光，由染而淨，由「無明」的修正，重回「光明」的法喜；讓傳統「慈悲」之說，更添字義新趣。

復次，就小說而言，意象的衍生新變，對話的深入相涉，往往觸及主題的內蘊；舊題材中往往有新探索，新題材中有新思維。如：

1. 也許每一個男子全都有過這樣的兩個女人，至少兩個。娶了紅玫瑰，久而久之，紅的變了牆上的一抹蚊子血，白的還是「床前明月光」；娶了白玫瑰，白的便是衣服上沾的一粒飯黏子，紅的卻是心口上一顆朱砂痣。（張愛玲〈紅玫瑰與白玫瑰〉）

2. 三姨太：「人生本來就是戲，做戲做得好能騙別人，做得不好只能騙騙自己，連自己都不能騙，只能騙鬼了。」
   四姨太：「在這院子，人算是什麼東西？像貓？像狗？像耗子，就是不像人。」（蘇童《妻妾成群》）

第一例中張愛玲寫出愛情婚姻的弔詭。得到了紅玫瑰，愛情的浪漫（「朱砂痣」）變成婚後的殘酷（「蚊子血」），開高走低；得不到白玫瑰，想像（「床前明月光」）永遠比現實（「飯黏子」）美好，開低走高，懷念永遠是香味勝於口味。這是人性的可怕真實，失去勝於獲

得，享有勝於擁有；永遠所得非所願，所願非所得。尤其男人，當擁有時不關心，當關心時不再擁有，一直在「表裡不一」、「天真無知」中浮浮沉沉。張愛玲此段敘述，既寫出反諷，也寫出弔詭悖論，直探人性糾葛心態，令人玩味。反觀第二例中，一般說法是「演戲的是瘋子，看戲的是傻子」。但唱戲的三姨太，再加層遞推論，指出人生本是「騙人」、「騙自己」、「騙鬼」的「一齣戲」，當不得真，又何必當真。四姨太反唇相激，更點出在這大宅院「就是不像人」的嘲諷，比畜生不如，真的像「活死人的鬼」了。「鬼」字一出，也讓三姨太與高醫生姦情敗露（四姨太酒後說出）被抓，投井處死留下伏筆。似此雙關語義：一個由「騙鬼」變成真的變成「鬼」，一個是被封燈、滅燈，打入冷宮，終成了無生機的「活死人」；一語成讖，誠始料未及。

八　創思寫作的教與學

　　創思寫作，始於邏輯性的規範，垂直思考的「意義」建構，終於創造性的超常，水平思考「有意外」、「有意思」開拓；由「有理不妙」的偏離，重返「有理而妙」的正軌，終至「無理而妙」的超值；由「不怎麼樣」（誰都會寫）的稀鬆平常，提升至「怎麼會這樣」的驚奇，再進至「居然會這樣」的推崇讚嘆；由「可思可議」的寫得通、寫得好，再躍至「不可思議」的寫得精，寫得妙；正是臻美臻善的永遠挑戰，挑戰「苟日新，日日新」的文心燦爛。

　　就創思寫作教學而言，可自「認知五力的活用」、「寫作題型的競技」、「創思寫作策略的引導」三方面，加以切入。

（一）認知五力的活用

　　認知五力是創思的五項指標，貴於分進合擊，靈活兼用，綜合套用；自選擇與判斷，組合與重構中，彰顯多樣美感與多重質感。

以「生活」造句，即可敏覺、變通，或以譬喻抒感，或以擬人寄慨。如：

1. 生活像刷牙，成為一個不加思索的習慣，人便越活越無感覺。（顧肇森《驚豔‧紐奧爾良一九七八》）
2. 生活是冗長、拖沓、寫壞了的劇本。（楊照《大愛》）
3. 生活像刻好的版畫，他一次次套印既有的版面，祇是用了不同的顏色，便有不同的效果。（蘇偉貞《紅顏已老》）
4. 她真希望生活其實就是一個磨子，把她們磨碎，把水磨出來，完全失了原形，那也就好辦了，可惜不是，壓乾了，壓垮了，還是那個不能忘情的乾樣子需要滋潤，真可笑，怎麼人就那麼有韌度？（蘇偉真《紅顏已老》）
5. 祖母老是說生活像是把荊棘上的蜂蜜舐到口中。（亞當米克）
6. 生活是一個劊子手，刀刃上沒有明天。（簡媜《水問‧美麗的繭》）
7. 生活沒有眼睛，欺騙是它的導盲犬。（王鼎鈞《關山奪路‧膠濟路上的人間奇遇》）

前六例譬喻，分別述說生活的慣性（「刷牙」）、不精采（「劇本」）、複製（「版畫」）、磨難（「磨子」）、危險（「荊棘上的蜂蜜」）、殘酷（「劊子手」），意象迭起，各有生活體會。第七例則為轉化，將「生活」擬人，將「欺騙」擬物，兩者息息相關，比起「生活是盲目，欺騙在前」的概念敘述，除了變通外，更顯新穎突出。

由此出發，檢視王鼎鈞「生活」書寫，進而兼及流暢與精進。如：

生活，我本來以為是琉璃，其實是琉璃瓦。

生活，我本來以為是琉璃瓦，其實是玻璃。

生活，我本來以為是玻璃，其實是一河閃爍的波光。

生活，我終於發覺它是琉璃，是碎了的琉璃。（王鼎鈞《碎琉璃·當時，我是這樣想的》）

藉由「琉璃」、「琉璃瓦」的辨析，「琉璃瓦」、「玻璃」的察覺、「玻璃」、「波光」的認清，層層遞降，指出原來生活是「碎琉璃」，美好的破碎，更是「流離」（雙關）失所的破碎；展現書寫的流暢與精進，兼及意象與諧音的雙重指涉。

復以「命運」造句檢視，往往敏覺與變通並行，可以有不同的譬喻、轉化（擬人）；在譬喻、轉化（擬人）中，相關互動，先逆後挽，先抑後揚，更顯變通與精密同步。如：

1. 當命運遞給我們一顆檸檬時，讓我們設法做一杯檸檬汁。（西方諺語）
2. 土地受到了污辱，卻用鮮花來報答。（泰戈爾《漂鳥集》）
3. 黑夜給了我黑色的眼睛，我卻用它尋找光明。（顧城〈一代人〉）

面對人生逆境，觸類旁通，化阻力為助力，化壓力為動力，化忍受為享受，化呻吟為歌詠，由「黑色思考帽」躍向「黃色思考帽」，則是立意的翻轉精進。至如：

1. 當命運賜給我們一片荒野時，我們要成為展翅高飛的老鷹；當命運下太陽雨時，我們要在天空搭起一座彩虹；當命運在我們嘴裡放進沙時，我們要把它含成一顆顆明珠。（張春榮〈珠璣語〉）

2. 推而廣之，命運給我們一顆球根，我們使它成為一粒種子；命運給我們一堆落葉，我們使它成為肥料；命運讓我們做破銅爛鐵，我們偏要化為一件古董。（王鼎鈞《葡萄熟了，未晚隨筆》）

第一例筆者自「命運」的擬人中，展開相關情境的類比，由「荒野」、「老鷹」至「太陽雨」、「彩虹」，再至「沙」、「明珠」的意象推衍。第二例王鼎鈞自「命運」擬人中，由「球根」、「種子」至「落葉」、「肥料」，再至「破銅爛鐵」、「古董」的意象，亦是相關情境的類比。凡此擴而充之的書寫，分明自敏覺、變通、精進中，再結合流暢，互為表裡，靈活運用。

　　若自認知五力與修辭的活用觀之，「敏覺」是語感敏銳的美感興發，「變通」以譬喻、轉化為主，「流暢」以映襯、排比為宗，「精密」以層遞、婉曲為高，「獨創」以悖論、象徵為上；彼此相互挹注，可相互補充。圖示如下：

認知五力	修辭
敏覺	美感興發
變通	譬喻、轉化
流暢	映襯、排比
精密	層遞、婉曲
獨創	悖論、象徵

（二）寫作題型的競技

寫作題型，常見的有「仿寫」、「改寫」、「擴寫」、「續寫」、「縮寫」等，分別自積澱、遷移、同化、變異的文本互涉中，由故生變，因舊釀新，釋放不同向度的競技創意。

「仿寫」貴於「形式繼承，內容革新」，始於正仿的再求精妙，次於戲仿的嚴肅詼諧；「改寫」強調「形式革新，內容繼承」的新瓶舊酒，更挑戰「形式革新，內容革新」的新瓶新酒，全體求新；「擴寫」注重「量的擴充」，展現更大視野，呈現「平行增加」的嶄新類比；「續寫」聚焦「質的提升」，推衍演繹，講究「躍進深化」的增值加值；至於「縮寫」把握「化繁為簡」的重點歸納，「博觀約取」的片言居要。凡此五種題型的分類，係就狹義角度視之；若自廣義角度視之，所有的寫作、創作，都是「改寫」（「改編」、「重寫」），馳騁不同能量的高明轉化。

今以樂府詩〈上邪〉為例：

> 上邪！我欲與君相知，長命無絕衰。山無陵，江水為竭，冬雷震震，夏雨雪，天地合，乃敢與君絕。

以「山」、「水」、「冬雷」、「夏雪」、「天地合」的不可能，藉由空間誇飾，直指「無情荒地有情天」的相知相守，勇銳有力。

降及敦煌曲子解〈菩薩蠻〉，更見情真意切：

> 枕前發盡千般願，要休且待青山爛，水面上秤錘浮，且待黃河徹底枯，白日參星現，北斗回南面，休即未能休，且待三更見日頭。

以「青山」、「水面」、「黃河」的地老天荒,「白日參星」、「北斗南回」、「三更日頭」自然現象顛倒的不可能,亟寫至此不休的強度。逮及明代民歌〈分離〉:

> 要分離除非天做了地,要分離除非東做了西!
> 要分離除非官做了吏,你要分時分不得我;
> 我要離時離不得你!就死在黃泉也做不得分離鬼。

亦自「天」「地」、「東」「西」、「官」「吏」的乾坤大挪移,不可能的換位上發誓,將此生「不分不離」的心聲飆到最高音。凡此「詩」、「詞」、「歌」的改寫,即不同韻文形式的變通。

降及民國以來,以白話書寫〈上邪〉,由抒情轉向敘事,對傳統溫柔敦厚的愛情提出新的省思與批判,自一九七三至一九九三年間,羅智成〈上邪曲〉、夏宇〈上邪〉、曾淑美〈上邪〉、林耀德〈上邪注〉、吳長耀〈上邪疏〉,競技新寫。至如陳義芝〈上邪〉:

> 她準備了一包乾糧兩瓶礦泉水
> 在我遠行的行囊裡哀愁地說
> 南方多地震
>
> 我怕劫後挖出我的身體
> 水已乾糧已腐
>
> 就在一塊殘瓦上刻了天地合三個字
> 留給她
>
> 　　　　　一九九九、十一
> 後記:為紅媛而寫

全詩化泛指對象（「君」）、不確定空間，為固定對象（妻子「紅媛」）、確定空間（從臺北至高雄）；化個人獨白，為對話（「她」、「我」）；化古代地理不可能的假設，為現今高雄地震的驚心事件，進而展開未來情境的示現；詩中「天地合」的三個字，召喚預言「可能」的意外，搖曳樂府詩中斬釘截鐵的浪漫之愛、現代詩中古典之情的餘音，見證「滄海桑田，心猶未折」的婉曲表白，直指「天荒地老，不罷相憐」的相關暗示，浮升「天地合」為「互為天地，百年好合」的言外之意。

　　當然樂府詩也可改為小說，由抒情轉為敘事，由象徵情境轉為情節反諷，由第一人稱的獨白轉為敘事觀點的擇用，踵事增華，因果變化，無疑難度更高。如黃秋芳極短篇〈非法移民〉：

・上邪

怎麼會這樣呢？

她闔眼伏在榻榻米上，惶然找著答案。

・我欲與君相思

好像不能相信，故事已經開始了，在初相識的午後。

她坐在那裡，不言不語。只是笑，笑他青澀的樣子，完全像個孩子。

他確實只是一個孩子，年輕、健康，而且知道自己很好看。她含笑看他的時候，像端詳窗外的流麗風景，難免心動，仍能兩不相干。

他敲敲她的窗，為她唱歌，一首又一首溫柔的夜歌。

她放心地走了出來，始終沒想過，她自己已經走進了窗外的風景。

‧長命無絕衰

她跟著他在夜路上走，好像有風，可是，兩個人都覺得熱。

為了尋狩冰淇淋，他們走了好遠好長的路。最後的獵物是，生啤酒。

心中的火燄，隱隱燃進眼底，燒上頰間，不知道是不是因為酒的關係。像逐夢的孩子，

不知道在什麼時候，所有的構想和期待都換了顏色。

離開啤酒屋的時候，他停了下來，小心地問，可不可以牽妳的手？

她搖搖頭。

知道他是個孩子，也許不明白自己在說些什麼。她還是願意，陪著他，無欲無求的走。

風好涼，一條長長的路，沒有盡頭。

‧山無陵

路太長了，他們需要找個據點，坐下來。在懸空冰涼的五層樓上，一個小小的房間，幾方素樸的榻榻米。

於是，他們有了自己的山頭、自己的豪奢。而且是不費力的經營，像原始子民，用本能來建築巢穴。

以為可以天長地久。

天亮以後，才恍然記起，所有的溫熱、顏色，其實只艷在一夜。他們的山頭，在張皇驚措裡傾頹……

‧江水為竭

從黑夜，到白晝。沒有風、沒有水。

一直覺得渴。

他們要在枯涸、貧瘠裡互相需索。卻只感覺到，心中的井，越來越乾澀。

她想到，他不是她的水源，她也不是他的。

她只有將他驅逐。在他不能相信的眼裡，端著一張霜肅的臉顏。終於有水，在他眼裡匯流成河。

她看到他的年輕與稚弱，越是覺得，他不能是她的水源。那樣的水沒人肯飲，還是覺得渴。

於是，她告訴他一句話，如果我是你，求來的東西我都不要。然後溫柔溫柔地問他，你為什麼還要去求？

‧冬雷震震

她回到窗子裡，聽窗外鼓聲鼕鼕。戰事已經開始了嗎？她沒來由只覺得怕。

窗子已經關緊了，她沒有多餘的鑰匙給他。

她貼著窗緣，聽他在窗外一遍一遍唱著歌。於是鼓聲，換了場地吶喊，在她小小的方寸之間，不可遏阻的翻騰奔竄，像四起的驚雷。

對於驚雷，她沒有免疫的藥方。

‧夏雨雪

她開了窗，讓他進來，像迎接雪地裡的春天復返。

以為日子過去，就會平平安安地，如一路隨行的陽光。

在他們最親密的時候，他以一種溫柔的語言來對她說，妳知道妳有多老嗎？我大哥的年紀都比妳小。

她看著他的臉，還漾著孩氣的笑意。這樣一種陽光的表情，森森冷冷，把她凍結起來。

她動彈不得，只有任著自己，迅速冰涼。

雪，突然落了下來，以一種叫人錯愕驚惶的速度。

‧天地合

她這才明白，他是她的非法移民，在不小心的剎那裡進駐。

此後一生，開啟了他們進據與驅逐的命運。

‧乃敢與君絕

就好像，進據與驅逐，成為他們之間最熟悉的遊戲。

他說她是一個放牧蜻蜓的女子，不知道什麼時候，風暴就會來臨。

她笑了笑，沒有辯白。

他越來越覺得她的費解。只有她自己知道，拒絕，是一種兩面的鞭策，兩個人一起受傷、淌血。

也許他還不知道，她的拒絕，包含了對自己的冷漠、放棄和捨得。

能捨，才能得吧？她是不是這樣希望著。

他們以後的命運，他們自己不知道。

‧上邪

怎麼會這樣呢？

她伏在舊日熟悉的榻榻米上，惶然找不到答案。

〈非法移民〉與原詩最大的不同有三：第一、顛覆原作，改變主旨。由原本信誓旦旦的肯定，變成事與願違的困惑；由高昂熱烈的呼告（「上邪！」），變成惶恐灘頭說惶恐的激問（「怎麼會這樣呢？」）。

全篇道出男女間繾綣之情的困境，浮動反諷的基調。第二、揭示事件原委，刻劃心理癥結。由原本概括的愛情宣言，轉換成特定人物（「她」、「他」）的外遇事件。「非法移民」即指「第三者」。而熱力四射的愛情強度，也在「姊弟戀」或「戀母情結」的失衡關係中產生質變，漸行漸遠。深悟「像男孩的男人」（「笑他青澀的樣子，完全像個孩子」），既迷人也傷人。原來彼此只是暫時的迷失，暫時的慰藉；一場遊戲終究是一場遊戲，沒有永遠的永遠。第三、妙用場景，塑造氣氛。原詩「不可能」的自然景觀（「山無陵」、「江水為竭」、「冬雷震震」、「夏雨雪」、「天地合」），一躍而成女主角憂傷心理的折射投影，成為愛情短路的不諧表徵（「他們的山頭，在張皇驚措裡傾頹……」、「他們要在枯涸、貧瘠裡互相需索」、「他不是她的水源，她也不是他的」、「鼓聲，換了場地吶喊，在她小小的方寸之間，不可遏阻的翻騰奔竄，像四起的驚雷」、「她開了窗，讓他進來，像迎接雪地裡的春天復返」）。似此引申、點染，豐富山水意象的意涵，翻轉象徵為反諷，提出新觀點，加以新詮釋，十足為解構經典樂府，建構現代極短篇的佳構。

綜上所述，可見改寫（「改編」）的再造性，尤以文類改寫較難。[14]其中古典詩改為現代詩不易[15]，而將古典詩改為現代小說更不易；再造性書寫中由「點的撞擊」、「線的延伸」到「面的擴大」的文類跨越，在在展現語言的敏覺，情境的變通，場景的擴大，情節的精密，統整的獨創；挑戰文本互涉中「形式革新，內容革新」新瓶新酒的極至。

---

14 張春榮：〈文類改寫〉，見其《作文新饗宴》（臺北市：萬卷樓圖書公司，2002年），頁155-208。

15 古典詩改為新詩，如洛夫：《唐詩解構》（臺北市：遠景出版社，2014年），古典詩改為小說，如張曼娟：《愛情，詩流域》（臺北市：麥田出版公司，2000年）。

　　針對古典新用，解構重構，余光中、洛夫各有精心體會，獨到建言：

1. 古典文學更是一大寶庫，若能活用，可謂取之不竭。理想的結果，是主題與語言經過蛻變，應有現代感，不能淪為舊詩的白話翻譯，或是名言警句的集錦。（余光中《從徐霞客到梵谷‧藝術創作與間接經驗》）

2. 而解構唐詩除了原作既有的題材無需另作選擇之外，其他有關語構與意象的創作也很重要。解構新作既不可與原作靠得太近，太近則成了古詩今譯，但也不宜過於疏離，離遠了就失去了解構的意義，因此如何拿捏好分寸便形成了最大的挑戰。（洛夫《唐詩解構‧序》）

其中原則主要有三：第一、和原作保持適當距離；第二、改寫並非稀釋，絕不可變為「白話翻譯」、「古詩今譯」，毫無藝術性可言；第三、改寫力求更新蛻變，在尊重原作美學下，青藍冰水，展開新詮釋，與眾不同，有所突破。[16]因此，就認知「五力」言，即在觀摩相善中，取精用宏，神而明之，發揮「敏覺、變通、流暢、精密、獨創」的表達力，在古典文學的原野，唱自己真摯特有的高歌，相互迴盪，唱出新韻新調。

（三）創思寫作的策略引導

　　創思教學策略，基爾福特（J. P. Guilford）重整有二十四項，威廉斯（F. E. Williams）歸納有十八種，但運用在創思寫作的策略，常

---

16 古典詩改成現代散文，可參張夢機主編：《鏡頭中的詩鏡》（臺北市：漢光文化公司，1983年）。

見的有：腦力激盪、心智繪圖、曼陀羅思考、屬性列舉，形態分析、六W檢討、強迫組合、分合、「奔馳」（SCAMPER）檢核表等，其中以「奔馳檢核法」最為完整明確，易於施行。

　　「奔馳」（SCAMPER）是七個英文字縮寫的組合，分別為：取代（Substitute, S）、結合（Combine, C）、調整（Adapt, A）、修改（Modify, M）、做其他用途（Put to other uses, P）、取消（Eliminate, E）、重新安排（Rearrange, R），定義如下[17]：

　　　取代（S）
　　　何者可被「取代」？誰可代替？什麼事物可代替？有沒有其他
　　　的材料、程序、地點來代替？
　　　結合（C）
　　　何者可與其「結合」？結合觀念、意見？結合目的、構想、方
　　　法？有沒有哪些事物可與其他事物結合？
　　　調整（A）
　　　是否能「調整」？有什麼事物與其調整？有沒有不協調的地
　　　方？過去有類似的提議嗎？
　　　修改（M）
　　　可否「修改」？改變意義、顏色、聲音、形式？可否擴大？增
　　　加時間？較大、更強、更高？
　　　做其他用途（P）
　　　利用其他方面？使用新方法？其他新用途？其他場合使用？
　　　取消（E）

---

17 陳龍安：《創造思考教學的理論與實際》（臺北市：心理出版社公司，1998年），頁143-145；陳龍安編著：《創意的12把金鑰匙：為孩子打開一扇新窗》（新北市：心理出版社公司，2014年），頁147-148。

可否「取消」？取消何者？減少什麼？較短？有沒有可以排除、省略或消除之處？有沒有可以詳述細節、增加，使其因而變得更完美、更生動、更精緻的地方呢？[18]

重新安排（R）

重新安排？交換組件？其他形式？其他陳設？其他順序？轉換途徑和效果？有沒有可以旋轉、翻轉或置於相對地位之處？你可以怎樣改變事物的順序？或重組計畫或方案呢？

用在語文創思上，「取代」即「替換」，替一替，換一換；「結合」即「合併」，合一合，併一併；「調整」、「修改」即微調或大調的「改變」，改一改，變一變；「做其他用途」即「拆解」，拆出新意，解出新解；「取消」即「刪減」，刪一刪，減一減；「重新安排」即「重組」，調動秩序，重新排列。藉由以上明確策略，正可以在意象、節奏、主旨上，由局部到整體，展開創思練習。

凡此六種策略教學，首先可自造句上的分析比較，開發語感，有效引導。今分述如下：

1 替換

替換，其實是局部的變通，往往藉由字詞的替換，走向「形式繼承，內容革新」的仿寫。如：

（1）勿以善小而不為。（劉備）

勿以□□而□□。

（2）冬天來了，春天還會遠嗎？（雪萊）

□□來了，□□還會遠嗎？

---

18 若據此定義，則應列「增加」。可參張春榮：《文心萬彩：王鼎鈞的書寫藝術》（臺北市：爾雅出版社，2011年），頁171-173。

第一例空格，可填成「勿以錢少而不賺」、「勿以人少而不幫」、「勿以書少而不讀」等，展開類比聯想。第二例可以填成「大雨來了，彩虹還會遠嗎」、「失敗來了，成功還會遠嗎？」、「陰影來了，陽光還會遠嗎」等，展現開低走高的正面思考。

　　至如運用在仿擬上，林亨泰〈風景 2〉，孟樊〈詩人〉（《戲仿詩》），替換原詩中「防風林」、「海」、「波的羅列」為「林亨泰」、「詩人」、「詩歌的迴響」；張默〈風景 2〉（《戲仿現代名詩百帖》），則分別替換為「木麻黃」、「可是阡」（「然而」改為「可是」）、「還有陌的眺望」（「然而」改為「還有」）；各顯「認真的遊戲」。

2 合併

　　合併，即併貼的敏覺，往往自意象跳接、意外組合中，增添擴寫、續寫的不同變化。如：

（1）有容乃大

　　　　有容乃大，□□□□。

（2）問我愛你有多深

　　　　問我愛你有多深，□□□□□□□。

第一例自相對角度，可接上「有志乃成」；若自相反角度，可接上「無欲則剛」，兩者相輔相成。第二例若接上「月亮代表我的心」，是原來歌曲的自問自答，無合併可言；若接上「鐵杵磨成繡花針」，則屬不搭的合併，兩句看似突兀，卻另有雙關隱射，指兩人有曖昧關係。

　　至於張曉風散文〈一顆一生提溜著的可以隨時擲地的頭顱——為某老兵而作〉（《送你一個字》），將杜甫五律〈春望〉，和「老兵」的獨白，對照合併。又如賴聲川導演《暗戀桃花源》，合併今之《暗戀》、古之《桃花源》，藉由兩個故事的交叉碰撞，後設認知，共構一加一大於二的美學效應。

3 改變

改變，即語言藝術的變通，最能在形感、音感、義感的改寫中嶄露頭角。如「做人要厚道，不要刻薄」，可以改換另一種說法，如：

（1）做人要消炎，不要灑鹽。

（2）做人要按讚，不要說幹。

（3）做人要比拇指，不要比中指。

（4）做人要灑香水，不要潑餿水。（筆者）

四例均為正反對比。前二例在形象敘述之餘，兼及押韻（「炎」、「鹽」，「讚」、「幹」）；後二例在借代、借喻之餘，兼及類字（「指」、「水」）；明顯由「變通」而邁向形音相諧的「精密」。

至如張曉風散文〈許士林的獨白〉（《步下紅毯之後》），取材宋代話本〈白娘子永鎮雷峰塔〉，別具會心，自「祭嗒」前後，採取許士林（許仙和白素貞的兒子）第一人稱視角，敘述睽違十八年，人子思念母親心情。而鍾玲小說〈鶯鶯〉（《生死冤家》），改寫唐代元稹〈鶯鶯傳〉，採取女主角鶯鶯第一人稱視角，改寫原作結局，重新詮釋與表哥元維之（原作「張生」）恩恩怨怨分分合合的感情世界，後元維之暴病去世，鶯鶯放下這段感情風暴，日趨澄明平靜。

4 拆解

拆解，即字、詞、句的敏覺，經由析字、析詞、標點、斷句，展現改寫的新解。如「乾杯」一詞加以拆解，再加延異，可以變成：

（1）乾到樂極生悲。

（2）乾到百年世事不勝悲。

（3）乾到以瓶代杯。（筆者）

於是「乾杯」產生第一例的雙關（「杯」、「悲」）與反諷（「樂極生

悲」）；亦有了第二例的增字為訓，江山易主，物換星移；更有了第三例「豪飲」的新解，有些人的「乾杯」是「乾瓶」的豪飲。又如「鳥飛過天空還在」，可以標點成：

（1）鳥飛過天空，還在。

（2）鳥飛過，天空還在。（林煥彰）

第一例以「鳥」為主體，鳥仍在飛，飛向天際。至於第二例以「天空」為主體，鳥過留影，天空依然自在。似此視覺美感經驗的「主角」差異，別有歧義新趣。

至如方群新詩〈過昭君墓〉（《經與緯的夢想》），拆解杜甫詩句「獨留青塚何黃昏」（〈詠懷古蹟〉五首之三），為「獨」、「留」、「青塚」、「向」、「黃昏」五首兩行小詩。又其〈有所思，乃在大海南〉（《經與緯的夢想》），將漢樂府詩句「有所思，乃在大海南」，加以拆開，以「藏頭」鑲嵌方式，寫現今走訪海南島的心境。

5　刪減

刪減，即字少意留的精密，往往自省略簡約中展現縮寫的精要，呈現壓縮的密度。如：

（1）飛鳥盡，良弓藏，狡兔死，走狗烹。（《史記》）

（2）志於道，據於德，依於仁，游於藝。（《論語》）

可以濃縮刪減為：

（1）鳥盡弓藏，兔死狗烹。

（2）志道據德，依仁游藝。

均刪十二字為八字，減四句為兩句，讓語意密度更高，四字節奏更加沉穩。

至如柳宗元七言古詩〈漁翁〉：「漁翁夜傍西巖宿，曉汲清湘燃楚竹；煙銷日出不見人，欸乃一聲山水綠；迴看天際下中流，巖上無心

雲相逐。」共六句，自作者視角，描寫船家在晨曦間的視覺美感。歷來詩評家多主張，全詩至「欸乃一聲山水綠」即可，畫龍點睛，餘味無窮。最後兩句（第五、第六句）可刪，更顯此詩精采，不必再蛇足。

6 重組

重組，即更動秩序的變通，往往自局部調動、整體倒置中，發現始料未及的新關係；自逆向思維中，產生不同的新視野。如：

（1）我喜歡過一個人。

（2）下一站停車。

經由重組，可以變為：

（1）我喜歡一個人過。

（2）車停站一下。

第一例局部更動，更動後的句子，和原句形成今非昔比的因果關係；「以前我喜歡過一個人，現在我喜歡一個人過」，道出生命的有緣無分。第二例整體倒置，倒置後的句子，和原句形成時間先後的動作差異，當「下一站停車」，要「車停站一下」，不必過急，站穩了再說。

至如電影《顛倒世界》，則自男主角跨越兩個顛倒空間的奇遇，展開匪夷所思的戀情。又電影《灰姑娘：很久很久以前》，取材〈灰姑娘〉故事，顛覆灰姑娘柔弱形象為「身強體健，幽默機智」的新女性；藉由一連串自力救濟，擺脫困境，和王子結為連理。似此則為文本互涉的重組之作。

凡此六種策略，可用在遣詞造句，也可以用在結構組織，也可以用在取材之意，掌握其中「形文」、「聲文」、「情文」的藝術加工。如何熟練入巧，則全賴教師教材的多方設計與多重引導，讓不同年齡層學子從做中學，同時在「多讀，多寫，多商量」的分析討論中，按摩思維，激發源源不絕的創思，盈科後進，攀登藝術新境，則教師是幸，莘莘學子是幸。

第四章
語文創思與思維力

一　思維力

　　思維力是心智之眼，能看，亦能看穿；能微觀，亦能宏觀；能觀察，亦能察覺。據「國者人之積，人者心之器」加以類推，則「思者學之辨，文者心之用」，思維力無疑是創作的中心樞鈕，照亮心田的陽光，打開由隱而顯的天窗。

　　思維力，注重左腦與右腦的整合；在「二合一」的完形下，始於左腦抽象思考（理則性）的認知，終於右腦形象思考（聯想性）的連結。在「亦此亦彼」的統一下，注重垂直思考（縱向、聚斂思維）的嚴謹，更講究水平思考（橫向、擴散思維）的活潑。而有心者從小開始，即在「積學以儲寶，酌理以富才，研閱以窮照」的長期涵養薰陶下，展開思維的按摩，博學審問，慎思明辨，強化思維力的能量，邁向「馴致以繹辭」（劉勰《文心雕龍‧神思》）的創作，展開「言之有理，言之有物」的明確表達，進而挑戰「言之有趣，言之有味」的創思書寫。

　　就語文創思而言，如果說大腦是一座山林，左腦是客觀認知之樹，右腦則是語言藝術之花；如果說大腦是灌溉的平原，左腦則是把一個一個池塘挖得很深，在不一樣的地方，挖出一條條溝渠。可見如何在山林之際，縱橫開拓，善用「思維力」這把披荊斬棘的斧頭，善用這部探勘器；則有賴左腦與右腦的激活，能感染，能聯想，能類比；更能看得清，想得深，推得遠，練就獨具慧眼的火眼金睛，展現

思考的長度、寬度與高度。而波諾（Edward de Bono）《六頂思考帽》（*Six Thinking Hats*）提出一副多焦點眼鏡，多功能衛星導航，值得善用研發。

二　語文創思與六頂思考帽

語文創思與六頂思考帽的關係，極為密切，可自六頂思考帽的定義、組合、運用加以掌握。

波諾六頂思考帽，堪稱「色彩思考學」，以六種顏色為象徵，呈現不同的思維向度。定義如下：

> 白色思考帽：白色顯得中立而客觀。白色思考帽代表客觀的事實與數字。
>
> 紅色思考帽：紅色暗示著憤怒、狂暴與情感。紅色思考帽代表情緒上的感覺。
>
> 黑色思考帽：黑色是陰沈、負面的。黑色思考帽也就是負面的因素——為什麼不能做。
>
> 黃色思考帽：黃色是耀眼、正面的。黃色思考帽代表樂觀，包含著希望與正面思想。
>
> 綠色思考帽：綠色是草地，生意盎然、肥沃豐美。綠色思考帽代表創意與新的想法。
>
> 藍色思考帽：藍色是冷靜的，它也是天空的顏色，在萬物上方。藍色思考帽代表思考過程的控制與組織。它可以使用其他思考帽。[1]

1　波諾著，江麗美譯：《六頂思考帽》（臺北市：桂冠圖書公司，1996年），頁30。

今參照波諾《平行思維》中六頂思考帽定義[2]，圖示如下：

顏色	代表意義	核心概念
白色	客觀事實、數字、中立	冷靜的腦
紅色	感覺、情緒、直覺、預感	感性的心
黑色	謹慎、批評、風險評估、負面	批判的眼
黃色	樂觀、希望、價值、正面	溫暖的光
綠色	創意、創新、創造性、可能性	創意的點
藍色	思考過程的控制與組織	手術的刀

事實上，波諾六頂思考帽，可以與蘇軾〈題西林壁〉七言絕句加以相應解讀：

> 橫看成嶺側成峰，
> 遠近高低各不同；
> 不識廬山真面目，
> 只緣身在此山中。

六頂思考帽即多種不同「看山」的方法，和「橫看成嶺側成峰，遠近高低各不同」相應如下：

　　白色：遠看
　　紅色：近看

2　波諾著，王以、吳亞濱譯：《平行思維》（北京市：企業管理出版社，2004年），頁4-6。「核心概念」為筆者概括。

黑色：低看

黃色：高看

綠色：橫看、側看

藍色：山外（非「山中」）

可見白色思考帽往客觀看，往遠處想，有更長更廣的時空照見，是「冷靜的腦」。紅色思考帽往主觀看，往近處想，充滿眼前強烈感受，是「感性的心」。黑色思考帽往負面看，往低處想；注意缺失，小心防弊，是「批判的眼」。黃色思考帽往正面看，往高處想，注意優點，是「溫暖的光」，重視興利。綠色思考帽往活處看，往寬處想，化不可能為可能，化阻力為助力，是「創意的點」。藍色思考帽自整體看，自後設想，檢視整個流程，考察前後統一的縝密與變化的合理，是「手術的刀」。

以「人生」造句，六頂思考帽可說一體六相，有六種不同的喻體和喻解。今對照如下：

1. 人生是一齣戲，上台總有下台時。（白色）
2. 人生是一齣鬧劇，吵吵鬧鬧也是一種幸福。（紅色）
3. 人生是一齣慘劇，不忍卒睹。（黑色）
4. 人生是一齣喜劇，永遠看到可喜的美好。（黃色）
5. 人生是一齣荒謬劇，因為荒謬，所以幽默。（綠色）
6. 「人」才兩畫，「生」才五畫，為什麼後來變化那麼大？讓人一個頭兩個大？（藍色）（筆者）

第一例是白色思考帽，正所謂「人生如戲」，再怎麼精采絕倫，再怎麼歹戲拖棚，總是要落幕，總是要下台一鞠躬，打上「謝謝觀賞」的

字幕，走向臺後的暗處，完全淡出。第二例是紅色思考帽，正所謂「人之生也，其鳴也呱呱，及其老死，家人圍繞，其哭也號啕」的人生交響樂，耳根無法清靜；充滿內行看門道的「眾聲喧嘩」，洋溢著外行看熱鬧的「嘈嘈切切錯雜彈」。第三例是黑色思考帽，人生是「殘酷舞台」，「天地不仁，以萬物為芻狗」，永遠是「人為刀俎，我為魚肉」的霸凌，永遠是命運之神、荒謬之箭的箭靶，無法逃脫的獵物，躺在一片「以暴易暴」的血泊當中，無語問蒼天。第四例是黃色思考帽，正所謂「上天有好生之德」、「四時行焉，百物生焉」，只要跳開自我欺瞞的虛假，跳開天真無知的反諷，不計較那麼多，不那麼愛跟別人比較，將能化哭點為笑點，把傷痕當酒窩，保持臉上「十點十分」，騎著「U Bike」，洋溢著人生的「百善心情『笑』為先」的快樂。第五例是綠色思考帽，誠如馬克吐溫所云：「天堂沒有幽默，因為天堂沒有苦難。」人生充滿幽默，因為人生充滿苦難。因此，人生不只是眼淚，不只是哭聲，而是「淚中帶笑，笑中帶淚」的深層滋味，要能在越幽暗的角落，越看到亮光；在靜默的地方，越看到熱鬧；用「笑話」來「消化」人生，才是人生的「幽默」之光。第六例是藍色思考帽，跳出「當局者迷」的投入，重回「旁觀者清」的省思；「人生」兩字加起來才七畫，簡簡單單，何必過得那麼複雜，再怎麼千算萬算，到頭來不就睡一張床，用一雙筷子，應重回「簡活」的人生觀才是。

三　六頂思考帽的組合

六頂思考帽看似六個平行並列，其實是「四加二」的組合；其中以垂直思考的四個顏色（白色、紅色、黑色、黃色）為主，再以水平思考「綠色」、後設思考「藍色」為輔。始於垂直思考「主觀」（感性

的心）、「客觀」（冷靜的腦）、「負面」（批判的眼）、「正面」（溫暖的光）的理則考察，終於水平思考的「創意」、後設思考的「控管」，自成動態定向的綜合系統，有面的擴大，更有立體的統攝。圖示如下：

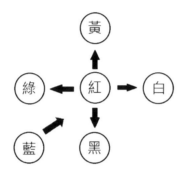

（一）四頂思考帽的理則

　　就垂直思考而言，「紅色」、「白色」、「黑色」、「黃色」兩兩一組，有理有則，交相為用，仍不離傳統邏輯的「分析」（analysis）、「比較」（comparison）、「演繹」（deduction）、「歸納」（induction）的思考模式；由概念形成，建立命題，再至進行推論，解決問題，展開有效的言說論述。

　　由「分析」看「紅、白」兩色，必能立足「分類」、「分關係」的理解，由主觀走向客觀，由個性走向群性，由個案特殊走向普遍類型；由「部分和部分關係」的彰顯，走向「部分和整體關係」的全面把握。以曾流行一時口香糖的廣告「我喜歡有什麼不可以」，以紅色思考帽，力求「新穎有感覺」，跟著感覺走；但以白色思考帽考察，則是「我喜歡還是不可以」，宜回歸理性自律。紅色思考帽只強調「人與自己」的「跟著感覺走」，白色思考帽則注重「人與社會」的「跟著理性走」的規範，兩者對照如下：

　　1. 人不為己，天誅地滅。（紅色）

　　2. 我為人人，頂天立地。（白色）

可見紅色思考帽「眼中有己」，只會照顧自己；只注意自己成長；而白色思考帽則「目中有人」，學會照顧別人，日趨成熟。

　　由「比較」看「黑、黃」兩色，則能找出彼此的差異（「同中求異」、「異中求同」），能明察秋毫，比較其間優劣；有所否定，有所肯定，展現差異辨析與評量素養。以「胖瘦」為例，能比較胖的優點（黃色）、缺點（黑色），也能看出瘦的優點（黃色）、缺點（黑色）；以「美醜」為例，能比較美的優點、缺點，也能看出醜的優點、缺點，洞悉中間利弊得失。

　　由「演繹」看「紅、白」兩色，將能由一般原理中加以推演出個別情境，帶出見解；由「大前提」的揭示，至「小前提」的推演，帶出必然的結論。如：

　　1. 命好不如運好，運好不如心好。（諺語）

　　2. 吃多不如吃少，吃少不如吃巧。（諺語）

第一例拈出「境由心造」的見解，由白色思考帽（「命」、「運」）換至紅色思考帽（「心」）的個人體驗。第二例由紅色思考帽（「吃多」），換至白色思考帽（「吃少」、「吃巧」）的客觀認知。

　　由「歸納」看「黑、黃」兩色，則能由「特殊」（殊相）帶至「一般」（共相），由「個體」帶至「類型」，由主觀走向客觀的概括，由分別列舉走向概然性的結論。如：

　　1. 四它：面對它，接受它，處理它，放下它。（聖嚴法師）

　　2. 臺灣「三失」：失信仰，失信任，失信心。（新聞標題）

第一例歸納處世四部曲，由紅色（「面對」、「接受」）、白色（「處理」），再至黃色（「放下」），形成超越。第二例歸納臺灣目前困境，陷入黑色思考的「三失」，流於破壞性的虛耗空轉，忘了建設性的興利突破。

（二）「綠色」的創意與「藍色」的後設

就水平思考而言，「綠色」能跳開垂直思考（「白色」、「紅色」、「黑色」、「白色」）的邏輯論述（「分析」、「比較」、「歸納」、「演繹」），不按牌理出牌，提出另外觀點，開拓新的向度。以提問為例，如：

1. 什麼顏色最漂亮？
   愛心的顏色。（網路）
2. 寂寞是什麼？
   一個人跳雙人舞。（劉真）

第一例不從實際的顏色著眼，而自抽象（「愛心」）的色澤加以考察，可說意出不測，發人深省。當然也可以回答「健康的顏色」、「夢想的顏色」、「良心的顏色」，展開認知的流暢力。第二例不自「寂寞」的感受（如「孤獨」、「淒涼」）直接回答，而自具體情境（「一個人跳雙人舞」）加以借喻，一新耳目，意料之外，卻又情理之中。由此類推，也可回答「一個人睡雙人床」、「一個人騎協力車」、「一個人看電影買兩張票」。

至於後設思考的「藍色」，以語言本身為對象，能檢視「如何」表現會更好，能洞悉「為何」這樣寫才能更優；是「認知的認知」，關於「思考的思考」。相傳蘇軾、黃庭堅、蘇小妹三人吟詩較勁：

1. 輕風搖細柳，淡月映梅花。（蘇軾）
2. 輕風舞細柳，淡月隱梅花。（黃庭堅）
3. 輕風扶細柳，淡月失梅花。（蘇小妹）

以一、二例相較，同為擬人情境，蘇軾詩「搖」的動態、「映」的明亮清晰，不如黃庭堅詩「舞」的媚態、「隱」的朦朧迷離。以二、三例相較黃庭堅詩「媚態」、「朦朧」情境，又不如蘇小妹詩「扶」在動作上的親切細膩，「失」在視覺上的恍惚同色；分明是「霧失樓臺，月迷津渡」的美感取景。就語言藝術的加工而言，蘇小妹之作，更能傳神兜出如夢似幻的恍惚美感。

四　六頂思考帽的運用

論及六頂思考帽的運用，可分兩類[3]：
（一）單獨使用
（二）系統使用
今分述如下：

（一）單獨使用

單獨使用，即在一個思維程序中，某一頂思考帽可以使用許多次；而由同一思考帽的使用機率，可以看出一個人思維的「基調」、「定勢」、「風格」。如有的人偏向知性，多採白色思考帽；有的人偏向感性，多採紅色思考帽；有的人傾向防微杜漸，悲觀主義，多採黑

3　波諾著，汪凱、吳亞濱譯：《思考帽：平行思維應用技巧》（北京市：企業管理出版社，2004年），頁178-190。

色思考帽；有的人傾向興利創投，屢敗屢戰，多採黃色思考帽；有的
人長於挖掘另一種可能，腦筋會急轉彎，多採綠色思考帽，有的人長
於檢查每一個步驟的縝密，要求細節到位，多採藍色思考帽。在六頂
思考帽中，波諾特別注重「紅色思考帽」的強烈性：

> 如果你覺得對某個問題感覺很強烈，你應該開始戴紅色思考帽
> 的思維，以便把這些感覺公開出來。[4]

當此之際，往往是感覺成形，情緒到位，最適合寫詩。如「阿嬤頂著
白髮，看著浪花」似平凡無奇的場景，在詩人眼中，即可意象翻飛：

> 白髮是歲月的浪花
> 翻滾在阿嬤的山頂（白靈〈浪花〉）

化靜態為動態，化不相干為相干的視覺美感，讓「白髮」洋溢呼之欲
出的時間意象。又如古典詩「空山松子落」（韋應物〈秋夜寄丘員
外〉）的場景，可強烈湧現新關係的體現；

> 一粒松子落下來
> 被整座山接住（余光中〈空山松子〉）

化靜態景物為主客相對的動態情境，若非紅色詩心噴薄，無法生動寫
出，也無法讓讀者強烈感受。正如梁實秋所謂：

---

4 波諾著，芸生、杜亞琛譯：《教孩子思考》（臺北市：桂冠圖書公司，1999年），頁
   140-141。

> 凡是從人心深處流出來的東西，方能流向人心深處去。(〈書評
> 兩種〉)

只有出自於「真」，才能有動人的「深」；而紅色思考帽在強烈心理的
「投射作用」、「合理化作用」下，往往擅用譬喻、轉化、誇飾等技
巧，亦由此可見。[5]

　　反觀世界聖哲偉人則跳出「享樂原則」(「本我」)，走向「求善原
則」(「超我」)，多用黃色思考帽，展現心理自衛機轉的「昇華作
用」，堅持向上向善的信念，永不退縮。以德瑞莎修女 (Mother Teresa
of Calcutta, 1910-1997) 為例，觀其嘉言懿行，如暮鼓晨鐘，召喚人心：

1. 今日你行善，明日為他人遺忘。不論如何，還是要行善。
   (The good you do today, people will often forget tomorrow. Do
   good anyway.)
2. 如果你行善，人們說你自私自利、居心叵測，不論如何，還是
   要行善。
   (If you do good, people will accuse you of selfish ulterior motives.
   Do good anyway.)
3. 思想遠大的偉人可能會被心胸最狹窄的小人打倒，不論如何，
   還是要思想遠大。
   (The biggest men and women with the biggest ideas can be shot
   down by the smallest men and women with the smallest minds.
   Think big anyway.) [6]

5　可參第五章〈語文創思與想像力〉中的聯想與類比。
6　張春榮、顏荷郁：《世界名人智慧語》(臺北市：爾雅出版社，2008年)，頁17-18。

德瑞莎修女有見於印度貧富差距極大，校外處處均痲瘋患者、飢餓乞
丐、無依兒童，她義無反顧，決定離開學校、教會，幫助疾病纏身的
窮人。一九四八年，獲得教宗許可，接著成立愛傳教修女會（又稱博
濟會），展開救援工作，並於印度設立垂死者收容院，不畏艱辛，甘
之如飴。似此念茲在茲，勇於承擔，立定腳跟行善，堅定信念，矢志
不移；無懼困難與橫阻，無怨無悔，關懷付出，但求盡心盡力，一本
初衷，洋溢著黃色思考帽「溫暖的光」。可見思考帽單獨使用，一定
要發乎本心，一定要真。賴聲川指出創意的本質：

> 重點不在新，而在真。純粹的真，經常自然就新。刻意求新，
> 很難保持真。[7]

由真實而美，由真相而善，由真摯而純粹，才是創思的正軌。無怪乎
王國維謂：「能寫真景物、真感情者謂之有境界。」（《人間詞話》），
強調紅色、黃色思考帽「美感興發」的重要；有「真」才能「深」，
才能萬古常新，才能感人，動人。

（二）系統使用

　　所謂系統使用，即思考帽的序列變換。自不同層次的擴大深化
中，產生不同體驗；或自一再轉折變化中，開拓嶄新思維。以「黑
色」、「黃色」思考帽的搭配而言，波諾指出：

> 一般說來，應在使用黑色思考帽之前使用黃色思考帽，因為在
> 你持批判態度思考過某一問題之後，很難作建設性的思考。

7　賴聲川：《賴聲川的創意學》（臺北市：天下雜誌公司，2006年），頁336。

黑色思考帽有兩個用途。第一是用來指出一個想法的不足之處，然後繼之以戴黃色思考帽的思考，以便克服這些不足。第二是用來進行評估。[8]

換言之，兩頂思考帽轉換的思維進路有二：

1. 開高走低（惡化）
   黃→黑
2. 開低走高（改善）
   黑→黃

所謂開高走低，即先揚後抑，先褒後貶，由正而反，每下愈況，由利多落至利空；而開低走高，則先抑後揚，先貶後褒，由反而正，終入佳境，由利空轉為利多。以古典詩為例，如：

1. 年年歲歲花相似，
   歲歲年年人不同。（劉希夷〈白頭吟〉）
2. 落紅不是無情物，
   化作春泥更護花。（龔自珍〈己亥雜詩〉之一）

第一例照見生命的真實，物是人非，今非昔比，自是由黃色至黑色的情境反諷，由正而反，笑中帶淚。第二例透視生命的繼起真實，化終點為另一生命的起點，化一己之飄落殘凋為孕育下一代的無盡生機，則是由黑色至黃色的情境喜劇，由反而正，淚中帶笑。

8　波諾著，芸生、杜亞琛譯：《教孩子思考》（臺北市：桂冠圖書公司，1999年），頁140-141。

　　當然，由兩頂思考帽的轉換，再至三頂思考帽的轉換，常見的模式有二：

　　1. 開高走低（惡化）

　　　　紅→黃→黑

　　2. 開低走高（改善）

　　　　紅→白→黃

以極短篇為例，如蔡仁偉〈觀察〉：

> 她生日時，男友買了一個漂亮的包包送她，讓她很驚訝。
>
> 「開心嗎？我觀察妳很久囉。」他說：「妳每天都在櫥窗外徘徊，不然就是在店內晃很久，卻空著手離開。我知道妳捨不得花錢，所以就偷偷買下來，想給妳一個驚喜。」
>
> 「你觀察力真好。」她露出微笑。
>
> 他始終沒觀察出女友與男店員間的曖昧。

由女主角一開始的「驚訝」（紅色），至男友觀察得知，買來送她的「驚喜」（黃色），終至真相爆破「女友與男店員間的曖昧」（黑色），正是始料未及的震撼。原來「我本將心託明月，奈何明月照溝渠」，事與願違，千千萬萬想不到。似此情節設計，開高走低，適成男友「天真無知」的反諷。另如王鼎鈞〈失鳥記〉：

> 有人養了一隻鳥，那是他最心愛的東西，每天侍候牠、欣賞牠，連作夢也夢見牠。
>
> 可是，有一天，鳥不見了，他忘記把籠子的門關好，鳥飛走

了。他實在心痛，很想把那隻鳥再找回來，看見鳥就注意觀
察，聽見鳥叫就把耳朵轉過去，可是那些鳥都不是他的鳥。

有時候，他看見成群的鳥，他希望那隻鳥就在裡面，其實，就
是在裡面，他也認不出來。

不知道到底哪隻鳥是他的鳥？他只有愛所有的鳥。

從此，他變成了一個愛鳥者，一個保護野鳥的人。

第一段是呵護的疼惜，第二段是失去的傷痛，身陷「患得患失」的紅
色思考帽裡。第三段是白色思考帽的挑戰，根本無法分辨哪一隻是自
己的鳥，只能接受既成事實。第四段在無可奈何之際，跳出小鼻小眼
的我執，終於放下；由情緒走向情操，化小愛為大愛，翻轉出黃色思
考帽「向上向善」的境界，領悟鳥應該養在天空下，養在荒野樹林
裡。似此則開低走高，由紅色至白色，再至黃色的思考變化；從教訓
中客觀反思，獲得正向啟發，則是豁然開朗的躍進上揚。

五　六頂思考帽的創思教學

六頂思考帽是六盞敘事觀物的探照燈，六把挖掘腦中金礦的鋤
頭，大衛之星的六角光芒，六種不同的判斷與選擇。在語文創思的教
學上，可自六頂思考帽與立意、結構的會通上，讓六頂思考帽的教學
策略可以更深入理解，更有效運用。

（一）六頂思考帽與立意

語文創思，貴於取材立意的挑戰，力求固定思維的對抗，強調舊
經驗束縛的揚棄；因此運用六頂思考帽時，宜學會多面向思考，注重
兩頂思考帽的並用與轉換。

　　波諾指出：「在平行的思維中，我們完全接受矛盾的狀況」[9]，而矛盾正是創意能量的溫床，因此，兩頂思考帽並用，尤其是黑色與黃色、白色與紅色兩兩一組並用時，最能呈現矛盾，自困境最能呈現事理的雙重複雜。所謂「人生如刺繡，要看正面，也要看反面」，即自正反兩面的利弊得失，加以掌握。以抒情為例，如：

1. 欲寄君衣君不還，

　不寄君衣君又寒，

　寄與不寄間，

　妾身千萬難。（姚燧〈憑闌人〉）

2. 關切是問

　而有時

　關切

　是

　不問（敻虹〈記得〉）

第一例寫出心情的矛盾，心事的複雜；「欲寄」（黃色）、「不寄」（黑色）遂成兩難，指涉情感（紅色）的強烈糾葛。同樣第二例，指出「關切」的矛盾。固然「關切」就問，是溫暖的心（紅色）；而「關切」不問，則是冷靜的腦（白色）。而過猶不及，矯枉過正，往往很難拿捏。質實而言，情感的複雜變化，莫不如此。因此兩種思考帽的映襯並用，最能展現雙向思考的清晰與深刻。如：

1. 金錢是個可怕的主人，卻是位絕佳的僕人。（巴納姆）

9　波諾著，王以、吳亞濱譯：《平行思維》（北京市：企業管理出版社，2004年），頁90。

2. 我是火燄，也是乾柴，我的一部分消耗掉了我的另一部分。（紀
　　伯侖《沙沫集》）

第一例指出金錢是「一刀帶雙刃」。善用，可以行善濟世；不善用，
傷己傷人，可見如何善用它的優點，避開缺點、後遺症，才是明智之
舉。第二例指出生命自身二重奏，時時刻刻既是成長也是老化，是燃
燒也是消耗，生死並置相續，亦此亦彼，即是生命鐵則的複雜弔詭。
　　其次，就思考帽轉換而言，由黃而黑，由白而紅，開高走低，將
是「事與願違」、「表裡不一」的失落反諷；由黑而黃，由紅而白，開
低走高，則是「撥雲見日」、「雨過天晴」的回甘喜感。就古典詩而
言，如唐寅〈生日〉七絕，調動前後秩序：

1. 九天仙女下凡塵，
　　送個婆娘不是人；
　　偷得蟠桃獻母親，
　　兒孫個個都是賊。（改作）
2. 這個婆娘不是人，
　　九天仙女下凡塵；
　　兒孫個個都是賊，
　　偷得蟠桃獻母親。（唐寅〈生日〉）

評中均作兩次轉折。第一例改作，前兩句針對「母親」，先肯定（「九
天仙女」）後否定（「不是人」）；後兩句針對「兒孫」，先肯定（「蟠桃
獻母親」）後否定（「都是賊」）；二度由黃而黑，形成批判性的雙重反
諷。第二例原作前半，對母親先否定（「不是人」）後肯定（「九天仙
女」）；後半對「兒孫」先否定（「都是賊」）後肯定（「蟠桃獻母

親」），二度由黑而黃，形成先抑後揚的鮮活喜感。兩相比較，可見批判性反諷不如創造性幽默來得趣味橫生，開高走低的思維模式不如開低走高的充滿希望；能化「黑暗的眼」為「溫暖的心」，無疑在立意上更勝一籌。由此觀電影台詞，如：

1. 我所走的每一步，都是為了更接近你。結果越走越遠，再也走不回去。（《藝伎回憶錄》）
2. 我害怕很多事，你也害怕很多事，讓我們在一起共同害怕很多事。（《沒有問題先生》）

第一例滿懷希望，開高走低，只見惡化的失望，深感造化弄人的反諷；第二例採取低姿態，開低走高，看出改善的希望，展現相濡以沫的開朗心態，當是思考帽轉換的正軌；只有謙卑，才能健步如飛。

（二）六頂思考帽與結構

就層次律而言，一般人的思維習慣是「兩層」（表層、裡層），兩頂思考帽的並用或轉換，往往停留在「紅色」、「黑色」的常識上。因此層樓更上，力求升級，由常識至見識，由「兩層」邁向「三層」，才能在多層次的思維中有所突破，超乎常人，充分運用三頂思考帽的多元與深刻，展現鋪陳的感染與意義的穿透。

就新詩而言，可以自兩層、也可以自三層立意。如：

1. 一個手指頭
   輕輕便能關掉的
   世界
   卻關不掉

　　　逐漸暗淡的螢光幕上

　　　一粒仇恨的火種

　　　驟然引發熊熊的戰火

　　　燒過中東

　　　燒過越南

　　　燒過每一張焦灼的臉（非馬〈電視〉）

2. 說鳥不自由

　　　鳥飛在空中

　　　說鳥自由

　　　鳥在宇宙大樊籠

　　　有語誑

　　　語不誑

　　　都好

　　　高興就好（許悔之〈鳥語〉）

第一例結構是兩層，藉由正（「關掉」）反（「關不掉」）映襯變化，由白色思考帽（電視機前的「世界」）走向黑色思考帽（中東、越南現場「每一張焦灼的臉」）；由實（「螢光幕」上的光點）而虛（「一粒仇恨的火種」），形成強烈驚心震撼。反觀第二例結構則是三層，藉由正（「在空中」）、反（「宇宙大樊籠」）、「合」（「都好」）的辯證開展，由黑色思考（「不自由」）至黃色思考（「自由」），最後至白色思考（「高興就好」）的兼容和解，展現更高的體現與透視。兩者圖示如下：

1. **A→-A**

   白色→黑色

2.

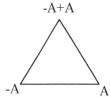

   黑色→黃色→白色

非馬〈電視〉是「正」（A）、「反」（－A）的對立，強烈對比；而許悔之〈鳥語〉是「反」（－A）、「正」（A）、「合」（－A＋A）的相反相成，統攝變化。

又如掃落葉的情境，可以有不同結構設計，如：

1. 他總是抱怨那一排路樹葉子掉太多了，掃不完。

   自從道路拓寬，遷移走了兩排路樹，他仍然抱怨，沒有樹蔭遮蔽，烈日下掃除路邊垃圾實在太辛苦了。（徐國能〈掃葉人〉）

2. 一天茶師千利休讓兒子少庵打掃庭院，不一會兒少庵打掃完畢，請父親看滿不滿意。千利休來到院子裡，只看了一眼就連連搖頭說：「幹得不好，再來一遍。」

   少庵於是又拿起掃帚，這次他花了一個多小時把角角落落都清掃得乾乾淨淨，看看院子裡連一片落葉都沒有，苔蘚上也閃耀著翠綠，少庵覺得這次父親一定會滿意了，於是再次請父親出來檢查。少庵滿心以為這次肯定會聽到父親的讚揚，沒想到茶

　　師卻訓斥道：「傻瓜，你這不是在打掃庭院，這像是有潔癖！」
說著他走入院中，用力搖動一棵棵樹，看看金色、紅色的樹葉
布滿了小徑，千利休才停手，他叫過兒子來說：「孩子，請你記
住，人生中很多事情並不是那麼簡單，就像打掃庭院一樣，不
只是要求清潔，更要求美和自然。」（倉岡天心《茶之書》）

　　第一例由第一層的黑色思考帽（「掃不完」），再至第二層黃色思考帽
（「移走路樹」）的利多，終至第三層黑色思考帽（「沒樹蔭遮」）的二
度利空；由開低走高，再開高走低；由「改善」又重回「惡化」，形
成更深沉的反諷。反觀第二例由第一層的黑色思考帽（沒掃乾淨），
至第二層的黃色思考帽（「乾乾淨淨」），再至第三層綠色思考（「美和
自然」），正是層層遞升；由掃落葉「不及」，至「太過」，再至「剛剛
好」的和諧，正是圓融生命境界的啟發，自然成趣，天然有味。兩者
差異，列表如下：

顏色	層次	結構	修辭
黑、黃	二層	正反	反諷
黑、黃、白	三層	正反合	悖論

（三）六頂思考帽的教學策略

　　攸關語文創思中六頂思考帽的教學策略，依威廉斯（F. E.
Williams）十八種策略觀之，可始於遣詞造句的「辨別法」，終於取
材立意的「重組法」，挑戰新的可能，真正有效掌握思考帽多樣性的
發展。

1. 辨別法

語言是心智的最佳鏡子，亦為思想的外衣；可見遣詞造句是思考帽的折射顯影。藉由「辨別法」：

> 發現知識領域不足的空隙或缺陷；
>
> 尋覓各種訊息中遺落的環節；
>
> 發現知識中未知的部分。[10]

可以掌握語體色彩的褒貶，運用思考帽的對比差異，進而察覺其間「不足」、「遺落」、「未知」的部分，發現鮮明深刻的意義。

首先，以同義而言，宜清晰掌握期間褒貶色彩，辨別「紅色」、「黑色」的差異。兩者對照如下：

黃色思考帽（褒義）	黑色思考帽（貶義）
絕佳	超屌
殊勝	酷斃
堅持	頑固
美女	尤物

其中「絕佳」、「殊勝」均為正面肯定的褒義，尤其「殊勝」為佛教用語，如「因緣殊勝」，極其讚嘆。反觀「超屌」、「酷斃」，雖亦屬稱

---

10 陳英豪、吳鐵雄、簡真真編著：《創造思考與情意的教學》（高雄市：復文圖書出版社，1994年），頁6-7。

讚，但多為同輩間的流行黑話，不宜用於正式場合。又「堅持」指謀定而後定的全力以赴，「頑固」則刻舟求劍，拘泥不通，有明顯褒義。至如「美女」，無非「清新佳人」、「小家碧玉」、「花容月貌」，為褒義；而「尤物」，猶如「禍水」、「狐狸精」，則為貶義。凡此語體不同色彩的選擇，即不同思考帽的理解與判斷。

其次，以兩個語詞而言，能自「同中有異」、「異中有同」的比較中，呈現遣詞造句的精準明確。今以「黑、黃」兩頂思考帽對照如下：

黃色思考帽	黑色思考帽
昇華	浮華
情操	情緒
訓練	磨練
衝勁	衝動
小心	小心眼
看對眼	看走眼
大而化之	大而腐化之
天真得可以	天真的可恥

以「小心」、「小心眼」為例，慈濟證嚴法師《靜思語》即清晰指出：

> 要小心，不要小心眼。

明確揭示做人應有的涵養，應有的寬朗，不宜鑽牛角尖，流於苛刻，又以「昇華」、「浮華」為例，王鼎鈞對張愛玲小說有所批判：

> 誠然，張愛玲寫出「浮華」，未寫「昇華」，也許「浮華昇華都
> 要成為過去」，既然已成過去的浮華值得錯采鏤金，那尚未過
> 去的昇華又豈可棄之不顧？作家應該是為了昇華而溫習浮華的
> 吧？人世的貪嗔詐毒，晦暗陰沉，我們早已沉溺其中，問題是
> 如何跳出來。你不能把但丁永遠撇在下界。張氏自稱一生得力
> 於紅樓，但紅樓最後雪地紅披突然拔高的結局似乎幫不上她。
> （《葡萄熟了‧案頭人物》）

「浮華」是情緒（黑色），「昇華」是情操（黃色）；「浮華」是向下沉
淪，「昇華」是向上超拔。王鼎鈞以為作家那枝筆，不能只是讓人一
步一步走入沒有光的所在，而應能鋪一座橋，打開一扇天窗，讓獸
性、感性終究走向神性、悟性，有冷靜的腦（白色），更有溫暖的天
光（黃色）。

最後，在語詞上，針對「對象語言」（以事物為對象）能自白色
思考帽加以考察；針對「後設語言」（以語言為對象），能自藍色思考
帽加以檢視。因此，結合抽象思維的「同一律」，正可提出犀利質
疑。如：

（1）蝸牛是牛嗎？
（2）河馬是馬嗎？
（3）熱狗是狗嗎？
（4）愛玉是玉嗎？
（5）蓮霧是霧嗎？
（6）青海是海嗎？
（7）烏龍是龍嗎？

（8）瀑布是布嗎？

（9）魯蛇是蛇嗎？

可見名字「異中有同」，並不表示兩者就是同類，就是家族；每每
「同中有異」，看似相關，其實相去甚遠，根本不能混為一談。當然
有些食物、器具命名，僅就形狀而言，並不代表材料。如「太陽
餅」、「牛舌餅」、「車輪餅」、「月亮蝦餅」、「鴛鴦鍋」等，餅中並沒有
「太陽」、「牛舌」、「車輪」、「月亮」，鍋中並沒有「鴛鴦」，不能過於
執著，緣木求魚，硬把形容詞當實質名詞來看。至於坊間食品、用
品、飲料等，有些標示不實者。如：

（1）米粉裡沒有米。

（2）橄欖油裡沒有橄欖。

（3）葡萄汽水裡沒有葡萄。

當此之際，消費者則應睜大雪亮雙眼，循名責實，戴上黑色思考帽加
以批判，不能讓黑心商人枉顧信譽，為所欲為。

2. 重組法

所謂「重組法」，威廉斯謂：

> 將一種新的結構重新改組；創立一種新的結構；在零亂無序的
> 情況裡發現組織並提出新的處理方式。[11]

---

11 陳英豪、吳鐵雄、簡真真編著：《創造思考與情意的教學》（高雄市：復文圖書出版
　社，1994年），頁6-7。大抵「上帝會創造，人嘛只能重新組合。」凡董崇選：《文
　學創作的理論與班課設計》（臺北市：黎明文化事業公司，1990年），頁11。

即舊關係的打破，新關係的建立；推陳出新，顛覆出奇，在「解構」與「建構」中始於荒謬，終於合理；或始於合理，終於荒謬；展現組合變化的多樣性、多元性。因此，就六頂思考帽而言，除去藍色思考帽的監控之外，起碼有五種轉折形態，五種結局。

以家喻戶曉的寓言〈龜兔賽跑〉為例，自白色思考帽而言，龜兔不同等級，根本不能比。站在客觀持平立場，烏龜要和烏龜比，兔子要和兔子比，才算公平，才算比得有意思。事實上，一個人最大的比賽，最大的挑戰是「跟自己比」。老子謂：「自勝者強」，只有打敗今日之我，才是真正的成長，真正的超越。

自紅色思考帽而言，當然一定要比，沒在怕的，「怕了就輸了」。諺語謂：「人爭一口氣，佛爭一炷香」，「輸人不輸陣，輸陣歹看面」；因此，面子一定要撐住。即使這次輸了，超不喜歡「輸的感覺」，一定要扳回一城，再挑戰第二回、第三回……龜兔賽跑，直到比贏的那天為止。

自黑色思考帽而言，這次輸了只是「失常」、「失誤」，只要修正戰略，記取教訓，必能反敗為勝。天下沒有贏不了的對手，只要愈挫愈勇，屢敗屢戰，戰到聲嘶力竭，比到體無完膚，也要以無比的鬥魂堅持到底。即使一生是「忍者龜」，毫無快樂可言，也要臥薪嚐膽，贏得「慘勝」，反正「慘勝」也是勝。

自黃色思考帽而言，快慢有那麼重要嗎？輸贏有那麼重要嗎？「裡子」比「面子」更重要。跑得跌跌撞撞，不如跑得健健康康；跑得快，不如跑得愉快；人要拒絕速成，學會享受過程；慢慢跑，仍可跑到終點。真正高明比賽哲學是「態度重於速度」。速度是一時的，態度才是永遠的。反正跑到終點，跑贏了，贏速度；跑輸了，贏風度；何必愁眉苦臉？笑口常開才是跑的更高境界。

就綠色思考帽而言，其實跑得快不如跑得巧，善用工具，才能事半功倍，何樂而不為？其次，跑得快不如跑得妙，利用不同場地優勢（如：斜坡、水裡、斷崖），可以發揮自身特性，輕鬆獲勝。事實上，比賽沒有說一定要分輸贏，只要能看開，比賽何必一定分勝負，比成和局，豈非皆大歡喜？關心自己也要關心別人。尤其比賽過程，同心協力，放下「鬥的心」；在水裡烏龜載兔子，遇斜坡兔子揹烏龜，臨斷崖時兩者共用降落傘，發揮合作效益，克服難關，共同抵達終點，創造「雙贏利多」，化個人為團隊，才是真正睿智之比，明智之舉。

同樣運用在小說上，善用五頂思考帽，可以有五種不同結局。以王鼎鈞〈失鳥記〉為例，由失鳥的寢食難安（起）；至第三段的無法找回，知性接受（承），可以保留最後一段，看學生如何「轉折」變化（轉、合），完成「續寫結局」，以一百字為限：

> 有人養了一隻鳥，那是他最心愛的東西，每天侍候她、欣賞牠，連作夢也夢見牠。
> 可是，有一天，鳥不見了。他忘記把籠子的門關好，鳥飛走了。他實在心痛，很想把那隻鳥再找回來，看見鳥就注意觀察，聽見鳥叫就把耳朵轉過去，可是那些鳥都不是他的鳥。
> 有時候，他看見成群的鳥，他希望那隻鳥就在裡面，其實，就是在裡面，他也認不出來。
> ……

今依不同思考帽，有不同情節發展與轉折變化，將有五種不同的結局：

1. 他鎮日焦慮尋找，一直抬頭尋找鳥的蹤影。恍惚之際，轉角迎面撞上車來，來不及閃，整個人彈了起來，頭重重砸到堅硬石塊，血流不止，傷重不治。（紅色思考帽）

2. 他為了怕鳥會飛走，於是狠下心來，把新養鳥的翅膀都剪斷，讓牠們乖乖待在鳥籠，今生今世和他作伴，永不分離。（黑色思考帽）

3. 他在大安森林公園找時，邂逅愛鳥的妙齡女子，兩人越聊越投機，正是「相逢何必曾相識，同是天涯愛鳥人」，兩人走上紅毯的那一端，婚後共同經營一家民宿，一座鳥園。（黃色思考帽）

4. 雖然沒找回那隻心愛的小鸚鵡，但他體會人和鳥溝通的重要，於是他下決心學會鳥語，學會和鳥族溝通。最後，他變成現代的「公冶長」，不但獲得「鳥音杜立德」的美名，也成為鳥族的代言人。（綠色思考帽）

5. 他知道找不回心愛的鸚鵡，是科技不夠先進。於是他發明「鳥跡定位系統」，就可追蹤到鳥飛去的位置。同時，飛走的鳥有的會後悔，會狂 call 手機，因此要發明「鳥音留言信箱」。還有可以研發「智慧型手機」，只要鳥嘴一碰，就可即時通。最後他一躍而成電子科技達人，大發利市。（綠色思考帽）

第一種結局是人間慘劇，一般人最不願意看到；因小失大，滿盤皆輸。第二種結局最為驚悚，採取傷害的防範措施，實屬殘忍變態的恐怖飼主；凡此轉折，路越走越窄，由活路走上死路，只見「毀滅式的解決問題」，看不見任何希望，讓人一顆心一直往下沉，只能作為負面教材，引以為戒。

反觀第三種結局則「開低走高」，因禍得福，喜劇收場，最合乎一般讀者期待；第四種結局亦「開低走高」，化不可能為可能，開創

出「難能可貴」的專長；第五種結局同屬「開低走高」，化阻力為助力，研發更先進的科技，造福鳥族，更造福人類；幫助自己，也幫助別人。凡此轉折，路越走越寬，柳暗花明又一村的開出新天地，實為「創造性的解決問題」，由低潮中走向高點，化危機為轉機，除了有「溫暖的心」（黃色）、「冷靜的腦」（白色）外，更有別人「想不到」、「沒想到」、「沒看過」的創意，比起第一種、第二種「開低走低」結局，更具思考帽的靈活變化，更見想像力的活潑趣味。至於以上結局，若採白色思考帽，將寫道：

1. 都怪自己放飼料，沒把鳥籠關好，門卡了一半，當然牠好奇，探頭探腦，就像變了心的女朋友，再也回不來了。算了！師父說得好：「做事要細心，處世要寬心。」舊的不去，新的不來……。

2. 沒有失去，就不會珍惜。好好照顧其他鳥籠裡的小鸚鵡和金絲雀。這個鳥籠就讓它空盪盪掛在那裡，像一面鏡子，一再提醒自己「當你擁有時，你不太關心；當你關心時，你不再擁有。」

3. 鳥飛走，是要飛向更寬廣的天空；我這麼宅，也該走出戶外，迎向更燦爛的陽光；我這麼小鼻子小眼睛，也該打開「自我感覺良好」之門，打開「意識形態」的籠子；近向更寬更廣的視野，迎向莊子的逍遙遊。

則延續原作第三段的白色思考帽，只見情境的衍生；由景而情，由情而理，由感知、知性，走向各種不同的感悟，則為「由事入理」的散文獨白。

　　唯六頂思考帽的運用之妙，存乎一心，但看作家如何高明安排，精妙立意。以「愛」為例，五頂思考帽的觀點如下：

1. 相愛容易相處難。（白色思考帽）

2. 如果說愛上你是錯的話，我不想對；

   如果對是等於沒有你，我寧願錯一輩子。（網路）（紅色思考帽）

3. 天長地久有時盡，

   此恨綿綿無絕期。（〈長恨歌〉）（黑色思考帽）

4. 沒有棉被，何以過冬？

   沒有愛，何以過今生？（秋實）（黃色思考帽）

5. 我倆的不完美，反而使我們的結合變得完美。（《艾瑪姑娘要出

   嫁》）（綠色思考帽）

至於王鼎鈞〈認識愛〉，一掃以上五頂思考帽的觀點，逕自藍色思考
帽上加以設計：

> 一個作家娶了一個不識字的太太，每天教太太認字。他寫「桌
> 子」，把這兩個字貼在桌子上。他寫「電燈」，把這兩個字貼在
> 電燈上。太太每天看見桌子、電燈，溫習這些字。不久，他家
> 所有的東西都貼上了名條。
> 有一天，他教太太認識「愛」，這個字沒處貼，就抱住太太親
> 嘴。兩個人親熱了一陣子，太太總算把這個字記住了。她說：
> 「認識了這麼多字，數這個字最麻煩。」

始於「教認字」的合理，終於「教愛字」的超常，形塑另類喜劇。自
藍色思考帽（後設思考）看「愛」字，只不過十三畫；但自「愛」的
實質內容來檢視，則要兩人共同來完成，用較長時間來證明，自然
「最麻煩」。似此言外之意，指出「愛不過是十三畫的字」而已，也
指出「真正的愛就是不怕麻煩」；可謂有理而妙，引人會心。迄今極

短篇中運用藍色思考帽，自後設視角加以發揮，另有王勇吉〈似曾相識燕歸來〉、苦苓〈小說家和他的小說〉（《異象極短篇》）、〈小說主角和作者對話〉、徐錦成〈遲到〉（《快樂之家》）等，有興趣者可一併欣賞。

最後值得一提的是，當莘莘學子彈性疲乏，對寫作缺乏熱情，教師宜由「白色思考帽」轉換至「綠色思考帽」，召喚學生的興趣，恢復書寫的新感覺。波諾即指出：

> 如果沒有什麼強烈的感覺，那麼你可以戴上白色思考帽來蒐集一下訊息。白色思考帽用過之後可以用綠色思考帽，看能否有其他的解決辦法。然後你可以先用黃色思考帽、再用黑色思考帽對這些辦法一一進行評價，確定一個辦法；再用黑色思考帽對其進行測試，最後用紅色思考帽看看感覺如何。[12]

因此，可以將經典詩詞活用，換成現代語體的簡訊、臉書，讓學生產生興趣，激發創思。

以「執子之手，與子偕老」（《詩經‧邶風‧擊鼓》）的訴求為例，要學生用簡訊表白。如：

1. 這不是一封情書。這將是我們之間的第一封家書。（廖宏霖）
2. 請問，妳願意把「我」加值成「我們」嗎？（賴逸維）
3. 我不能承諾海枯石爛，但我保證號碼不換。（黃汝淇）
4. 我倆在一起，去年只有妳弟弟同意，今年只剩妳媽媽不同意，謝謝妳，不離不棄。（舜子）

---

12 波諾著，芸生、杜亞琛譯：《教孩子思考》（臺北市：桂冠圖書公司，1999年），頁140-141，第六點。

以上簡訊均為第三屆 myfone 行動創作獎情書組得獎之作。第一例表示「這是以結婚為前提的書寫」，絕對是擲地有金石聲的「家書抵萬金」。第二例希望「把情人變成家人」，讓浪漫之愛加值成恆溫的「走在一起，守在一起」。第三例先抑後揚，雖然不承諾「地老天荒」，但留下「號碼不換」的守候，天涯海角，仍可「千里姻緣一線牽」。第四例知道「結婚不是兩個人的事，而是兩家的事」，只要兩人同心，堅持下去，其利斷金，相信有朝一日，也能讓你媽媽內心的冰河，化為暖流，春暖花開，終能花好月圓。凡此簡訊書寫，新到讓人有感覺，好到讓人有感動，則是藉由「綠色思考帽」，再湧現「黃色思考帽」與「紅色思考帽」的優質創思。另如李白上網在臉書 PO 他的詩〈將進酒〉，按讚數已破萬，要杜甫上網按讚留言，展開十句對話，如：

> 杜甫：「古來聖賢皆寂寞，唯有飲者留其名」，真是天才之作！
>
> 李白：天才是最豪華的寂寞。
>
> 杜甫：小弟甘拜下風。你的詩第一，沒人敢說第二。
>
> 李白：老弟，有這麼簡單就好了，上天創造天才，奴才打擊天才。
>
> 杜甫：你是說姓高的和姓楊的？
>
> 李白：酒可以亂喝，話不能亂說。
>
> 杜甫：酒嘛，小飲提神，大飲傷身。
>
> 李白：再怎麼樣，酒不會傷你的命。與酒為友，單單純純，長長久久。
>
> 杜甫：不是「與詩為友，天長地久」？
>
> 李白：對呀！所以你的詩要好好寫，詩就像葡萄酒，要好久才會成熟，加油！
>
> 杜甫：與君一席話，勝讀十年書。（秋實）

似此臉書對話，李白由一位飛揚跋扈的詩仙，變成一位會提醒後輩的長者，充分發揮綠色、黑色、黃色三頂思考帽，正可藉由場景的改變，人物（詩仙、詩聖）與作品（〈將進酒〉）的重新解讀，活化思維，活化現代語感的創思書寫，由此類推，諸如「岳飛與張飛兩人玩臉書」、「蘇軾、佛印、黃庭堅三人玩臉書」等，都是激發多元思維的絕佳觸媒。

　　凡此「重組合」，實為語文創思中極重要的策略，其中包括人物的重組、情節的重組和場景的重組。均可藉由六頂思考帽「單一使用」或「系統使用」，藉由「開高走低」或「開低走高」的轉換，導致不同衝突、不同解決、不同結局，正考驗思維力中垂直思考與水平思考的靈動活力。

　　無可置疑，在語文創思的天地裡，神思方運，競萌萬途；思接荒謬，視通合理；永遠有延異解構，另類重構，嶄新建構，種出思維認知之樹，長出不同向度的新枝綠葉，開出耀眼燦爛之花。而如今「翻轉教室」所強調的「翻轉」，主張以學生「思考」為首要[13]，正可結合「六頂思考帽」的轉換，讓現今教學更明顯，更見效益。

---

13 翻轉教室的「四T」，依序為Thinking、Training、Time、Technology。另可參葉丙成「強迫思考，自行發想」，見其《為未來而教》（臺北市：天下雜誌公司，2015年），頁156-159。

張春榮、顏荷郁編著：《世界名人智慧語》
（臺北市：爾雅出版社，2008 年 9 月初版）。

第五章
語文創思與想像力

一　想像力

　　一個人沒有想像力，就像天文台沒有望遠鏡[1]，無法由已知探向未知，由眼前透視未來；就像心靈沒有萬花筒，無法腕底風雲，袖裡乾坤，兜出繽紛富麗的千姿萬態。同樣，一個人缺乏想像力的衛星定位系統，就像開車沒有方向盤，如入五里霧中，無法攀山越嶺，直抵極態盡妍的想像高峰，飽覽天上人間的藝境之美。

　　語文創思以想像為翅膀，由實入虛，由抽象至具體，由具體至抽象，飛越時空，翱翔在超越感官的邊界，悠遊在異想變形的國度。尤其以想像為魔術，可以讓語言文字全站起來，活起來，躍向過去，躍向未來，共構意象翻飛的鮮活場域，編織不可思議的情節意外，使人目不暇給，嘖嘖稱奇。

　　無可置疑，想像力是右腦的形象思維，思維力是左腦的抽象思維；如果說思維力是思維認知之樹，向下札根，向上延伸，想像力則是語言藝術之花，花果蔚蕃，競綠賽紅，充滿文學語言的感染，更充滿啟發語言的驚艷。其中主要的本領，來自聯想與類比的聯手出擊，左右開弓；經由性質、關係的再透視、新選擇、新組合，馳騁高明的創思；不落窠臼，綻放黃澄金玉、翻丹飛紫的語言藝術之花。

1　愛因斯坦謂：「想像力比知識更重要」、「沒有想像力的靈魂，就像沒有望遠鏡的天文臺」。

二　語文創思與聯想

　　聯想是想像的初階，由自由聯想出發，展開擴散思維，躍動水平思考；再由點的輻射，定向定量，走向線的延展；再由大量聯想，走向類比世界；連類無窮，踏上想像的進階，揮灑歷時性或共時性的縱深疊景，建構「使玄解之宰，尋聲律而定墨；獨照之匠，窺意象而運斤」（劉勰《文心雕龍‧神思》）悅目悅耳的美感世界。[2]

（一）聯想三律

　　自古希臘柏拉圖、亞里斯多德以來，即揭示「聯想三律」：接近（contiguity）、相似（similarity）、對比（contrast）三種聯想。接近聯想，包括「時間」、「空間」的接近，事物「性質」、「關係」的相連；以及「物理」、「生理」、「心理」場域的接近相關。相似聯想包括「形態」、「性質」的類似，事物「神態」、「關係」的類似。在相似聯想中，湧動著「具體與具體」、「抽象與具體」間的感知與感悟。對比聯想，包括「相對」與「相反」兩類。聚焦事物「性質」、「關係」的相反、對立，照見其中鮮明差異；並自相對聯想中，強烈體現「時間」、「空間」對立與「物理」、「生理」、「心理」場域的差異，更體現「正」、「反」中「對立的統一」，映照相反相成的辯證性思維。三者圖示如下：

2　就現代詩而言，可參白靈：《一首詩的誕生》（臺北市：九歌出版社，1991年）中「想像的捕捉」，頁27-40；蕭蕭：《現代詩遊戲》（臺北市：爾雅出版社，1997年）第五章觸發、第七章匯通、第八章衍生、第十三章異同、第十四章系聯。

1 接近

2 相似

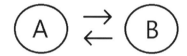

3 對比

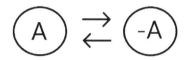

可見接近聯想，是形或音的接近，是「A」與「a」的相關；相似聯想則尋找異形同構的相似點，異中求同，化不類為類，展現「A」與「B」不同兩者的換位想像；至於對比聯想，著眼「具象與具象」、「具體與抽象」的相對，聚焦排中律的相反，展現「A」與「－A」的變形想像。

　　大凡譬喻，可以有三種不同的聯想。如以「車」為本體：

1 接近

　　　開車就是鐵包皮。（口語）

2 相似

　　　車子是現代人的腳。（新聞）

3 對比

　　　世界上最重要的一部車是爸爸的肩膀。（廣告）

就上觀之，第三例對比聯想以靜態（「肩膀」）喻動態（「車」），想像空間更大，明顯比「鐵包皮」（接近）、「現代人的腳」（相似）更為不易，更為出色。尤其當年「中華汽車」此則得獎廣告，透過旁白，配合畫面：

> 三十年前，我五歲。那一夜，我發高燒，村裡沒有醫院，爸爸背著我，走過山、越過水。從村裡到醫院，爸爸的汗水，溼透過整個肩膀。我覺得，這世界最重要的一部車是爸爸的肩膀。

父親負載的形象和車子的形象，並置結合。旁白結尾：「這世界上最重要的一部車是爸爸的肩膀。」一句，凝聚三十年的感念之情，比起宣稱「爸爸是我一生中最重要的一部車」，或「爸爸的腳是我最耐用的車輪」，更加創新更加自然動人。又以「波浪」為本喻，可以展開三種聯想：

1 接近

> 波浪是海的女兒，老在媽媽的胸膛遊戲。（錦池）

2 相似

> 波浪是海中的蹺蹺板，一直高高低低，晃來晃去。（秋實）

3 對比

> 波浪是沸騰的山。（王鼎鈞）

相對於接近、相似聯想，第三例對比聯想以靜態（「山」）喻動態（「波浪」），並運用「沸騰」的性質，讓動靜不搭的景物，有了新關

係的連接。由此觀琦君散文〈淚珠與珍珠〉：

> 又有一次，讀謝冰心的散文，非常欣賞「雨後的青山，好像淚
> 洗過的良心」。覺得她的比喻實在清新鮮活。記得國文老師還
> 特別加以解說：「雨後的青山是有顏色、有形象的，而良心是
> 摸不著、看不見的。聰明的作者，卻拿抽象的良心，來比擬具
> 象的青山，真是妙極了。」

以抽象（「淚洗過的良心」）喻具體（「雨後的青山」），推陳出新，比
起具體喻抽象（「思念是山」）或比起具體喻具體（「山是伸向天空的
手指」），更能別開生面。琦君文中所謂「妙極」，實則對比聯想的
妙用。

　　當然聯想三律，彼此並非敵人，針鋒相對，各自為政；而是隊
友，相互支援，力求重組變化。以「婚姻」為體，可以聯想如下：

1. 婚姻只是個容器，裡面大多是現實界的柴米油鹽。（簡媜《天涯
   海角‧渡》）
2. 婚姻如果是一座牢獄，那麼獨身便是一種犯罪。每一個獨身者
   是一個在逃未獲的通緝犯。（王鼎鈞《情人眼‧地圖》）
3. 婚姻是枷鎖，也是一座可經營的莊園。（洪淑苓《扛一棵樹回
   家‧女生研究室》）
4. 婚姻是激情的墳墓，深情的聖殿。（張春榮〈珠璣語〉）

第一例以「容器」為喻，再加喻解（「裡面大多是現實界的柴米油
鹽」），正是由相似聯想的擴散之餘，重回接近聯想的聚合；第二例以
「牢獄」為喻，喻解（「每一個獨身者是一個在逃未獲的通緝犯」），

是由「牢獄」和「通緝犯」的相關接近，再加申述。第三例以「枷鎖」、「莊園」為喻，照見兩個喻體的「對立統一」；又第四例以「墳墓」、「聖殿」為喻，兩個喻體亦為「對立統一」；兩例均自相似聯想的並置中，兼及對比聯想，直涉「亦此亦彼」的複雜真諦，發人深省。

（二）聯想四律

聯想三律的運用，由奧斯朋《應用想像力》（1964），帶動風潮，迄今風動波震，後出轉密，如劉仲林《中國創造學概說》（2001）、張曉芒《創新思維方法概論》（2008）等，即在三律之餘，加上「因果」（causality）聯想，讓三律在定向組合的統一中，展開情境或情節的變化。

因果聯想，注重前因後果的「秩序性」（「先後性」）、多因一果或一因多果的「複雜性」（「多樣性」），掌握有因必有果的「必然性」（「普遍性」）。在因果聯想中，強調「統一中有變化」、「變化中有統一」，形塑「出人意外」、「入人意中」的深度書寫。[3]圖示如下：

而因果聯想，亦即賴聲川所謂理性覺察能力的「因果觀」：

> 這就是看到形成事物現況的「因」，以及這些因將對事物產生的「果」。創意亟需了解因與果。創意作品本身是由因和果構

---

3 李淑文謂因果特點有四：「第一，時間上的先後相繼性；第二，確定的；第三，複雜多樣；第四，普遍的。」見其《創新思維方法論》（北京市：中國傳媒大學出版社，2005年），頁344。

成，創意人就在作品中創造因與果。[4]

能夠「看出」前因後果的「複雜性」、「必然性」，展現火眼金睛的穿
透力；進而體悟「因即果」、「果即因」的相反相成，循環不已，即是
創思的因果觀。

至於聯想四律的差異，可自「抽菸」的造句中，比較得之：

1 接近

（1）菸菸一吸，奄奄一息。

（2）抽菸是精神的閹割。（明覺）

2 相似

（1）飯後一根菸，生命像菸圈。

（2）菸頭上的紅點就是你人生路口的紅燈。（錦池）

3 對比

（1）現在你不熄滅它，以後它將熄滅你。

（2）菸越抽越短，死亡的陰影越來越長。（筆者）

4 因果

（1）你現在抽的每一根菸，以後是釘你棺材的釘子。（廣告）

（2）手上一根菸是你遺照前的一炷香。（秋實）

接近聯想二例，藉「菸」、「奄」、「閹」的音同，由雙關諧音，直覺引

4　賴聲川：《賴聲川的創意學》（臺北市：天下雜誌公司，2006年），頁176。

申。而相似聯想二例，藉由譬喻，加以明顯警告，絕非一般癮君子所說「飯後一根菸，快活似神仙」，不能自我感覺良好。至於對比聯想第一例，自「正向」、「逆向」的雙向思維提出警訊；第二例更自「短」、「長」生死的強烈對照上，鮮明呈現。反觀因果聯想二例，分別自「抽菸導致死亡」上立意；同時藉由超前誇飾，時空壓縮，驚悚呈現死亡意象（「釘你棺材的釘子」、「遺照前的一炷香」），似此因果聯想的變化，有如預言告知「無法擺脫」的下場，充滿反諷批判，由景入理，最能發聾震瞶。[5]

大抵因果聯想，能自形象語言中展現「衍生」、「遞繫」、「包孕」、「連鎖」等客觀推論演繹。以散文為例，如：

1. 我相信生命是一塊頑鐵，除非在同情的熔爐裡燒得通紅的，用人間世的災難做鎚子來使他迸出火花來，他總是那麼冷冰冰，死沈沈地，惆悵地徘徊於人生路上的我們天天都是在極劇烈的麻木裡過去——一種甚至於不能得自己同情的苦痛。（梁遇春《梁遇春散文集·救火夫》）

2. 因沒有生日而想到生命。生命起初是白紙，後來是重新油漆過的白板。生命是琴弦上的灰塵，追逐音符瞎忙白忙。生命是遙遠的無人相信的那一份思念。生命是銀幕上的螞蟻，歷經榮華幻夢興亡血火沒有被劍尖挑起來。生命是空氣中有原子塵，食物中有防腐劑，土壤中有化工廢料，歲月鑲金鍍銀，恍惚驚心。我的生命始於寫出第一篇文章，終於再也寫不出文章。（王鼎鈞《左心房漩渦·勿將眼淚滴入牛奶》）

---

5 陳仲義指出「聯想五大定律」：「相似律、相近律、相反律、對比律和因果律」，見其《現代詩技藝透析》，頁171。和筆者差別在於「相反律」。所謂「相反律」是絕對相反，「對比律」是相對相反；從嚴則兩者不同，從寬則兩者視為同類。

第一例藉由「頑鐵」、「熔爐」、「鎚子」三者關係，指出生命需要同情與災難的燒紅、敲打，才能激起鬥志，激發無比活力，直指相反相成的悖論。第二例統攝生命正是由「白紙」至「白板」的退化（「白忙」、「殘念」、「倖存」、「污染」）。文中藉由意象群（「灰塵」、「音符」、「螞蟻」、「劍尖」、「原子塵」、「防腐劑」、「化工廢料」、「金」、「銀」）的交織，共譜開高走低、今非昔比的深沉反諷，兜出生命成長的荒謬。其次，以新詩為例，如：

> 1.你的笑聲是一籃甜甜的栗子
>
>   撒在我每天去汲水的井旁
>
>   到明春，就會成林了吧（方莘〈練習曲〉）
>
> 2.左面的碧煙是相思樹成林
>
>   葉細如針，織一張惘然之網
>
>   要網住水灰色的天涯嗎？（余光中〈紫荊賦〉）

第一例以味覺（「甜甜的栗子」）喻聽覺（「笑聲」），並自「栗子」的播撒中，預言示現明春「栗子林」的盛景，你的笑聲迴盪林中。此為主觀情意的因果聯想，兼及修辭中的移覺。第二例以「針」喻相思樹「細葉」，並由喻體（「針」）遞繫，展開「織網」的動作，再以「網」頂真，展開捕捉「水灰色天涯」的質疑；正是「點、線、面」的擴大聯想，自成空間脈絡的美感想像。

最後，以現代短篇小說為例，如：

> 1.分道樹苗的另一邊，就是南下的內車道，一輛輛車子迎面而來，
>   從樹那邊閃過。由於兩邊對開的車速太快，偶爾有輛超車的，
>   沒有公德心地按聲長喇叭，聲音突然由小而大，像是支巨大鐵

杆，畫破天空的玻璃，刺耳的聲音，使人有種觸電的感覺。

莊土坤腳下更加使勁，車速又快了些，窗口灌進的疾風，把他頭髮吹得像朵盛開的大菊花。（張至璋《飛‧怨》）

2. 娟娟穿戴好，我們便一塊兒走了出去，到五月花去上班。走在街上，我看見她那一頭長髮在晚風裡亂飛起來，她那一捻細腰左右搖曳得隨時都是斷折一般，街頭迎面一個大落日，從染缸裡滾出來似的，染得她那張蒼白的三角臉好像濺滿了血，我暗暗感到，娟娟這副相長得實在不祥，這個搖曳著的單薄身子到底載著多少的罪孽呢？（白先勇《臺北人‧孤戀花》）

第一例以「大菊花」喻莊土坤風吹的「頭髮」，既指頭髮灰白如蓬；復以「大菊花」死亡意象（接近聯想），為莊土坤分心高速開車，最終導致車禍死亡，埋下預示伏筆。第二例以落日紅光映染娟娟三角臉「好像濺滿了血」，極其誇飾形容落日紅火；並在有意無意間埋下伏筆，遙相呼應後來娟娟在柯老雄淫威暴力下發瘋似撲殺對方的血腥結局。凡此，則為意象運用的因果聯想，草蛇灰線，歷歷在目。

三　語文創思與類比

自古以來，譬喻和類比是開啟想像的鑰匙，亦是傳統認知模式，兩者往往混同使用。但嚴加釐清，兩者雖都立足「比」（「相似」、「相同」）上，但類比注重「同類相比」，以比較為主，譬喻注重「異類相比」，以形象說明為主，各有不同。

自思維力而言，類比是培養智力的重要方法，可以豐富想象，啟發思考。基本結構為：

A 事物具有屬性 a、b、c、d；

B 事物具有屬性 a、b、c；

　所以 B 事物也可能具有屬性 d。[6]

展開個別到個別「相似性」、「因果關係」的類推。歷來語文創思中的類比，據果登（W. J. Gordon）「分合法」的分析，主要有四：

（一）自身比擬
（二）直接比擬
（三）符號比擬
（四）狂想比擬[7]

第一的「自身比擬」，為心理學上的「移情作用」；第二的「直接相比」，為心理學上的「內模倣作用」；第三的「符號比擬」，為「抽象符號的形象化」，讓符號站起來動起來；三者分別為「轉化」中人性化、物性化、形象化三類。[8]至於第四的「狂想比擬」則為「變形」的異想世界，由局部變形的誇飾、示現，走向整體變形的荒謬。

（一）類比三型

　　類比三型，亦稱「轉化」，即人性化、物性化、形象化，運用在寫作上頗能呈現動感意象與特殊語感。

6　張曉芒：《創新思維方法概論》（北京市：中央編譯出版社，2008年），頁124。
7　郭有遹：《創造心理學》（北京市：教育科學出版社，2002年），頁286-288；陳龍安：《創造思考教學的理論與實際》（臺北市：心理出版社公司，2001年），頁138-141。
8　黃慶萱：《修辭學》（臺北市：三民書局，2002年），頁377-378。

以「鳥」為主語，可以造句如下：

1 人性化

（1）一羣瞌睡的山鳥

　　　被你

　　　用稿紙摺成的月亮

　　　窸窸索索驚起

　　　撲翅的聲音

　　　嚇得所有的樹葉一哄而散（洛夫〈走向王維〉）

（2）白楊索索

　　　羣鴉總是早我一步找到秋天（洛夫《雪落無聲‧大鴉》）

2 物性化

（1）現在總算是逃出這牢籠了，我從此要在新的開闊的天空中翱
　　　翔，趁我還未忘卻了我的翅子的扇動。（魯迅〈傷逝〉）

（2）徐志摩這位詩哲，活著時像天空一道燦爛的長虹，死，則像
　　　平地一聲春雷，別人是用兩隻腳走路，他卻是長著翅膀飛
　　　的。（蘇雪林〈我所認識的詩人徐志摩〉）

3 形象化

　　　下山

　　　仍不見雨

　　　三粒苦松子

　　　沿著路標一直滾到我的腳前

　　　伸手抓起

　　　竟是一把鳥聲（洛夫《魔歌‧隨雨聲入山而不見雨》）

首先人性化第一例是王維「月出驚山鳥」(〈鳥鳴澗〉)的現代版,在洛夫「高明轉化」下,衍生「山鳥撲翅驚落葉」的連鎖反應。第二例亦將「群鴉」擬人,蘇軾謂「春江水暖鴨先知」(〈惠崇春江晚景〉),轉換情境,則變成「秋天索索鴉先來」,白楊和群鴉共構「黑白」畫面的蕭瑟情景。其次物性化第一例,將自己「鳥」性化,自然有翅膀可以搧功,可以飛翔;第二例亦將徐志摩「鳥」性化,別人以腳代步,徐志摩卻以翅膀飛翔,高人一等。至於形象化例中,「鳥聲」是聽覺,將聽覺形象化則成「伸手抓起╱竟是一把鳥聲」的創新語感,而非「伸手抓起╱竟是一把鳥蛋」的平淡無奇。似此,即移覺和形象化的互通。

其次,以「時間」為主語,可以變化如下:

1　人性化

　（1）堅信一首詩的沉默比所有的擴音器加起來更清晰,比機槍的口才野礮的雄辯更持久。堅信文字的冰庫能冷藏最燙的激情最新鮮的想像。時間,你帶得走歌者帶不走歌。(余光中《青青邊愁‧不朽,是一堆頑石?》)

　（2）路旁釘著幾張原木椅子,長滿了苔蘚,野蕨從木板裂開的瘢目間冒生出來,是誰坐在這張椅子上把它坐出一片苔痕?是那叫做「時間」的過客嗎?(張曉風《你還沒有愛過‧常常,我想起那座山》)

2　物性化

　（1）時間這種新鮮而又名貴的水果,卻無冰箱可藏。及時不吃,它就爛了。(余光中《憑一張地圖‧樵夫的爛柯》)

　（2）時間那把刀刮破了青春,割裂更多皺紋後,不甘心進入中年。(許達然《吐‧遠方》)

3 形象化

> 床和鐘對望
>
> 我躺在時間之上（隱地《生命曠野‧時間之床》）

首先人性化二例，第一例對「時間」宣戰，「時間」再怎麼厲害，只能帶走人，帶不走人留下的詩歌，藝術可以征服生命。第二例指「時間」過客的「坐功」，可以坐出一片苔痕，禪定之功力，無人能比。其次物象化二例，第一例中時間是新鮮名貴「水果」，只有當下賞味期，過時走味；第二例以「刀」擬時間，時間之刀的「傑作」，便是在青春面龐割出密密皺紋。至於形象化例中，隱地擬虛為實，讓不可臥的「時間」具體可臥，讓自己雙手雙腳也成為時鐘的時針、分針、秒針，相映成趣。

復次，以「真理」為主語，可以變化如下：

1 人性化

> （1）真理可能被遮掩頃刻，
>
> 　　真理它卻永不會彎腰。（臧克家〈勝利的狂飆〉）
>
> （2）正義被綁著示眾，
>
> 　　真理被蒙上眼睛。（艾青〈在浪尖上〉）

2 物性化

> 偏見想把真理安全地握在手裏
>
> 卻緊緊地捏死了它（泰戈爾《螢》）

3 形象化

> 坦克車是運鋼炮的
>
> 那小伙子是運真理與人道的（羅門《有一條永遠的路‧空手擋
> 住坦克車的小子》）

首先人性化二例，均將「真理」擬人，第一例述說「真理」、頂天立
地，擡頭挺胸；第二例則寫「真理」被捆綁，世間黑白不明。其次物
性化二例中，將「真理」擬物，纖細柔弱，遭「偏見」狠狠握死捏
斃。至於形象化例中，將「真理」擬虛為實，擋住坦克車的小子，勇
者無懼，用肉身載真理，抵擋武裝暴力鎮壓。凡此類比三型，即轉化
三類的恣縱揮灑。

（二）類比進階

　　所謂類比進階，即「狂想比擬」。「狂想比擬」主要作用為「化相
識為不相識」、「化熟悉為新奇」，由轉化出發，邁向誇飾、示現的情
境類比。

　　逮及誇飾，旨在打破一般慣性，逸出常軌，跨越寫實，直指駭人
聽聞的奇幻異想世界。以散文為例，如：

1. 巴拿馬給我的第一個印象是土地肥沃，油光光的紅土，充滿了
   生育的能力，真個是「插一根筷子下去都會發芽」。（王鼎鈞
   《海水天涯中國人‧黑白是非》）
2. 貪污的種子不擇土壤，而東北土地肥沃，「一根筷子插下去也能
   發芽。」只見眼前一干人等，馬前也是桃花，馬後也是桃花。
   （王鼎鈞《關山奪路‧瀋陽市的馬前馬後》）

同樣「一根筷子插下去也能發芽」，王鼎鈞第一例極稱巴拿馬土地肥沃，第二例亦極稱東北土地肥沃，但語意一轉，指出貪污無所不在，處處開出貪污之花，則在情境類比中兼及嘲諷。

以新詩為例，藉由誇飾的局部變形，描寫心中感受的強度。如：

1. 長城要倒下來了啊長城長城

   堞影下，一整夜悲號

   喉嚨叫破血管

   一腔熱

   嘉峪關直濺到山海關（余光中〈長城謠〉）
2. 樹敵如林，世人皆欲殺

   肝硬化怎殺得死你，

   酒入豪腸，七分釀成了月光

   餘下的三分嘯成劍氣

   繡口一吐就半個盛唐（余光中〈尋李白〉）

余光中第一例藉由空間誇飾（「嘉峪關」在甘肅，「山海關」在河北），極寫長城與人的義憤填膺，嘶吼悲號的強度，無以復加。余光中第二例以時空的誇飾（「半個盛唐」），極寫詩仙李白亦酒亦俠亦溫文，俯仰揮灑之間，目無餘子；自是「興酣落筆搖五嶽，詩成嘯傲凌滄洲」（〈江上吟〉）的舉足輕重，難以匹敵。

復以小說為例，如：

1. 蘇小姐說，聽說還有兩個辛楣的朋友。鴻漸道：「小胖子大詩人曹元朗是不是也請在裡面？有他，菜可以省一點；看見他那個四喜丸子的臉，人就飽了。」（錢鍾書《圍城》）

2. 同志哥啊，你可曾曉得甚麼是「精神會餐」嗎？那是一九六
〇、六一年鄉下吃公共食堂時的土特產。那年月五嶺山區的社
員們幾個月不見油腥，一年難打一次牙祭，食物中植物纖維過
剩，脂肪蛋白奇缺，瓜菜葉子越吃心裡越慌。肚子癟得貼到了
背脊骨，喉嚨都要伸出手。（古華《芙蓉鎮》）

第一例將曹元朗的「臉」物性化，「四喜丸子」的胖臉，胖到讓人看
了都不想再吃，可見胖到噁心至極，慘不忍睹。第二例極寫餓到前胸
貼後背，尤其連「喉嚨都要伸出手」的恐怖情境，荒謬絕倫，寫出餓
到「沒手也伸出手」聲嘶力竭的爭搶慘狀。

由誇飾至示現，則由線至面，穿越時空，展開虛擬實境的超常想
像，兩者略有不同。如：

1. 還沒躺下
影子就睡了（方群〈累〉）
2. 把你的影子加點鹽
醃起來
風乾

老的時候
下酒（夏宇〈甜蜜的復仇〉）

第一例是誇飾，藉「影子」擬人，極寫累垮情境，連影子都管不了。
反觀第二例則是示現，將「影子」擬物，加工再造，成為老年的下酒
菜，由眼前展開「預言」（未來、閃前）狂想，兜出殘念的思念，愛
恨情仇，百感交集。

以散文為例,如:

1. 你的爸爸是農夫,在種蘿蔔,所以你有一雙蘿蔔腿。

   你的爸爸是太空人,在太空摘星星,所以你有一雙明亮的眼睛。

   你的爸爸是住在廟裡,常在佛前供花,所以你長得這麼漂亮。

   (網路)

2. 一面面石壁向我壓來,令我窒息。七萬七千二百九十七具赤裸裸的屍體,從耄耋到稚嬰,在絕望而封閉的毒氣室巨墓裡扭曲著扭曲著死去,千肢萬骸向我一鏟鏟一車車拋來投來,將我一層層一疊疊壓蓋在下面。於是七萬個名字,七萬不甘冤死的鬼魂,在這一面面密密麻麻的哭牆上一起慟哭了起來,滅族的哭聲、喊聲、夫喊妻、母叫子、祖呼孫,那樣高分貝的悲痛和怨恨,向我衰弱的耳神經洶湧而來,歷史的餘波回響捲成滅頂的大漩渦,將我捲進⋯⋯我聽見在戰爭的深處母親喊我的回聲。

   (余光中〈日不落家〉)

第一例自示現的追述(「回憶」、「閃回」)推論三種因果情境,由「種蘿蔔」的雙關揶揄,開低走高,躍至「摘星星」的局部稱讚,終至「佛前供花」的整體稱讚,讓人會心一笑。反觀第二例,藉由眼前時空切換,重臨德軍暴行現場,彷彿親見不忍卒睹的人間煉獄,凝視歷史慘劇的巨大傷口,不禁黯然泫然。通過約兩百字「追述的示現」,掀開沈默的黑幕,天陰雨濕聲啾啾的沉冤迎面襲來;藉由哭聲、喊聲、叫聲的淒厲「形象」、幻聽「滅頂大漩渦」的震撼音響,無疑刻骨銘心,畢生難忘。

以電影為例,示現的狂想世界,荒謬奇幻,歷歷在目,適可描寫人物心裡的感官極至。如《黑天鵝》中女主角諸多懸想(眼前、異

想）示現，恍惚迷離，似真似幻，一再襯托對比女主角日益嚴重的精神分裂；為結尾「黑天鵝」精采絕倫的「死亡之舞」，預埋伏筆。又如《聖誕頌歌》，男主角史顧己，藉由老友馬雷亡魂半夜顯靈的警告，藉由「三位精靈」引導，在追述示現中目睹昔日女友傷心離去，如今美滿成家；在懸想示現中，目睹職員克拉奇雖家境寒酸，雖無耶誕大餐，仍一家歡樂；及至姪兒家，姪兒雖無豐盛佳餚，仍歡迎他；在預言示現中，目睹自己已死，身上衣物被剝光，無人哀悼，哆嗦赫醒，終於有所領悟；走出「貪婪」、「自私」、「孤絕」的陰暗角落，走向「分享」、「有情」、「溫馨」的光明天地。

四　想像力與認知五力

　　語文創思的想像力，以聯想系列、類比系列為主；分別以譬喻、轉化、誇飾、示現為意象，共構想像的意象與象徵世界。其中想像創思，正可和認知五力、意象相會通，展開更明確的想像力教學。

　　以下依「認知」五力，爬梳想像力的種種變化。

（一）敏覺（Sensitivity）

　　就認知的敏覺而言，聯想系列包括接近、相似、對比、因果，要能異中求同，化不類為類，化抽象為具體，化熟悉為陌生，化因襲為獨創，展現「敏於察覺」的「再發現」、「新發現」。類比系列包括人性化、物性化、形象化的轉化、誇飾、示現，能化靜態為動感，化尋常為奇崛，化虛擬為實境，化合理為荒謬，展現「敏於造境」的「新感性」、「新感悟」。

(二) 變通（Flexibility）

就認知的變通而言，同一本體，可以有不同喻體的聯想；同一對象的轉化，可以有不同情境的類比；同一對象的誇飾，可以有不同情境的變形；注重聯想與類比的「觸類旁通」。以「宗教」為喻，如：

1. 宗教是防止生活腐敗的香料。（培根）
2. 宗教像螢火蟲，越黑暗的地方，看得越亮。（叔本華）
3. 願宗教成為聖賢的催化劑，平庸大眾的鎮靜劑。（王鼎鈞）
4. 宗教是人類精神的柺杖，靠著它走過險灘幽谷。（秋實）
5. 宗教是一扇窗，讓人們看見天光。（張春榮）

分別自「香料」、「螢火蟲」、「催化劑」、「鎮靜劑」、「柺杖」、「天窗」說明宗教的益處，具有撫慰人心的功能。又如詩中將「蠟燭」，轉化擬人：

1. 蠟燭有心還惜別，

   替人垂淚到天明。（杜牧〈贈別〉）
2. 紅燭自憐無好計，

   夜寒空替人垂淚。（晏幾道〈蝶戀花〉）
3. 蠟燭在自己的光焰裡睡著了。（羅智成）
4. 蠟燭是喜歡站著看，用火張開看的眼睛，卻把看到的一切都還

   給了灰燼。（杜十三〈蠟燭〉）
5. 為光明，為世間

   他獨自搏鬥於黑暗中

   俯視自己逐漸短卻的生命

　　禁不住滴下了熱淚

　　不，不是難過

　　那是欣慰（黃子晉）

五例中蠟燭扮演不同角色。前兩例抒情，是「多情種」、「傷心人」，別有懷抱，管不住眼淚。第三例為「純真者」、「君子」，心中坦蕩，睡得安祥，自顯光芒。第四例係「悲劇人物」，殉道殉情，帶來光明也帶來災難，玉石俱焚。第五例則是「勇者」、「鬥士」，熱淚盈眶，勇於承擔，為光明而戰，雖九死其猶未悔。至如「聲音」上的誇飾。如：

1. 嚴貢生聽著，不耐煩道：「像這潑婦，真是小家子出身！我們鄉紳人家，哪有這樣規矩？不要犯惱了我的性子，揪著頭髮，身打一頓，登時叫媒人來領出發嫁！」趙氏越發哭喊起來，喊得半天雲裏都聽見……。（吳敬梓《儒林外史》）

2. 天起了涼風，他說這不干風的事。每逢上游有人痛哭，眼淚落在水裏，下游的水就喧嘩。他說。（王鼎鈞〈最後一首詩〉）

3. 大兒子領著兩個弟弟，……然後，三個小搗蛋，一齊衝出院子的大門，呼哨的聲音，似乎使陽光也顫抖起來。（顏元叔〈曬太陽記〉）

4. 正打算擦身過去，突然，一聲女子的尖叫，嚇得整條窄巷顫抖起來，女子中的一人緊緊抓住他的衣襟。（愛亞〈恢恢〉）

5. 「不！」
　　聲音拋得高高的，淒厲悲壯的一聲，直入雲霄，幾乎所有的落葉都不安地顫了一下。她賣力地推開他，推得遠遠的，離她五步。（渡也〈花店〉）

前兩例哭聲驚天動地，第一例直上雲霄，第二例淚水造成漲潮；後三例尖音刺耳，使四周景物（陽光、窄巷、落葉）騷動不已，此則心裡感受強度的「變形」真實。

（三）流暢（Fluency）

就認知的流暢而言，同一本體，可以有兩個以上的喻體聯想；同一對象的轉化，可以有兩個以上的情境類比；同一對象的誇飾，可以有兩個以上情境的變形；注重「量的擴充」。以散文為例，如：

1. 月如鈎嗎？鈎不鈎得起沉睡的盛唐？

   月如牙嗎？吟不吟得出李白低頭思故鄉？

   月如鐮嗎？割不割得斷人間癡愛情腸？（簡媜〈月芽〉）

2. 所以，我們需要母親如病需醫，如渴需飲，如疲倦需夢，如音樂需琴，如夜需星月，如計算機需電流。（王鼎鈞〈你不能只用一個比喻〉）

3. 窗外，天空飄起了雪。羽片似的雪，衛生紙似的雪，棉紙似的雪，床單似的雪，李白的雪，喬哀思的雪，賈寶玉拜別父母人間的雪，紛繁急落，在想像中放大，彌天蓋地，覆滿一切。所有的雪一樣冰冷白色，如普天之下無非黃土。這雪統一了某種想像。（張讓〈八方遊弋〉）

第一例連續展開「月」的相似聯想，三者（「鈎」、「牙」、「鐮」）是接近聯想。第二例展開「需要母親」的六組相似聯想，前三組（「病需醫」、「渴需飲」、「疲倦需夢」）是欠缺時的需要，後三組（「音樂需琴」、「夜需星月」、「計算機需電流」）是自然本能的需要。第三例展開

對「雪」的四組相似聯想，進而為人物（「李白」、「喬哀思」、「賈寶玉」）的接近聯想，自然銜接。其次，以轉化為例，如：

1. 湖邊還參差著老柳。這些柳，春天用它的嫩黃感動我，夏天用它的婀娜感動我，秋天用它的蕭條感動我。它們和當年那些令我想起你的髮絲來的垂柳同一族類。它們在這裏以足夠的時間完成自己，亭亭拂拂，如曳杖而行，如持笏而立，如傘如蓋，如泉如瀑，如鬣如髻，如煙如雨。（王鼎鈞〈中國在我牆上〉）

2. 江水睡了，船睡了，船家睡了，岸上的人也睡了。唯有他，張繼，醒著，夜愈深，愈清醒，清醒如敗葉落餘的枯樹，似樑燕飛去的空巢。（張曉風〈不朽的失眠——寫給沒考好的考生〉）

3. 黃昏的疑雲
   封鎖了暮年的深巷，
   忠臣的眼淚
   苦戀著帝王的宮牆，
   英雄的頭顱
   架在歷史的刀鋒上。（焦桐〈武生〉）

第一例將「柳」擬人，展現春夏秋三種（「嫩黃」、「婀娜」、「蕭條」）美感。最值得注意的是結尾用十種譬體（「曳杖」、「持笏」、「傘」、「蓋」、「泉」、「瀑」、「鬣」、「髻」、「煙」、「雨」）捕捉老柳姿態，正是類比與聯想的流暢、運用。第二例改寫張繼〈楓橋夜泊〉，首先將「江水」、「船」擬人，繼而以「枯樹」、「空巢」譬喻張繼，亦是類比與聯想連袂出擊。第三例將「疑雲」、「眼淚」擬人，將「歷史」擬物（「刀鋒」），在平行鋪陳中，再現歷史黑幕場景，再現英雄宿命悲劇。最後，以誇飾為例，如：

1. 臺大人、師大人、政大人、輔大人，他們統統都是懷有力挽狂瀾的壯志的大人，大時代中頂天立地的好漢，站在午夜的寒風中，巍巍然如一柱一柱的鐵拳。一位嬌小的女生在指揮隊伍唱「中國一定強」，尖嫩的嗓音刺破了黑沉沉的天空，從夜色中爆出一陣熾熱的火花，熱得可以煮沸千頓的太平洋。（洛夫〈歲末憾事〉）

2. 一般人當然沒有這種本領，可是在餐桌之上我們也常有機會看到某些人使用筷子的一些招數，一盤菜上桌，有人揮動筷子如舞長矛，如野火燒天橫掃全境，有人膽大心細徹底翻騰如撥草尋蛇，更有人在湯菜碗裡撿起一塊肉，掂掂之後又放下了，再撿一塊再掂掂再放下，最後才選得比較中意的一塊，夾起來送進血盆大口之後，還要把筷子橫在嘴裡吮一下，於是有人在心裡嘀咕：這樣做豈不是把你的口水都污染了食物，豈不是讓大家都於無意中吃了你的口水？（梁實秋《雅舍小品‧圓桌與筷子》）

3. 等到長大之後，三五成群，說長道短，聲音脆，嗓門高，如蟬噪，如蛙鳴，真當得好幾部鼓吹！等到年事再長，萬一墮入「長舌」型，則東家長，西家短，蜚短流長，搬弄多少是非，惹出無數口舌；萬一墮入「噴壺嘴」型，則瑣碎繁雜，絮聒嘮叨，一件事要說多少回，一句話要說多少遍，如噴壺下注，萬流齊發，當者披靡，不可嚮邇！一個人給他的妻子買一件皮大衣，朋友問他「你是為使她舒適嗎？」那人回答：「不是，為使她少說些話！」（梁實秋《雅舍小品‧女人》）

第一例句末連用三組誇飾（「刺破了黑沉沉的天空」、「從夜色中爆出一陣炙熱火花」、「煮沸千頓的太平洋」），極其形容小女子沛然莫之能禦的愛國熱忱。第二例以「蟬噪」、「蛙鳴」誇喻女人的嗓音聒噪無比，再以「噴壺嘴」誇喻女人之嘮叨，毫無節制。第三例以「舞長矛」、「野火燒天橫掃全境」、「撥草尋蛇」誇喻揮動筷子模樣，毫無餐桌禮節可言，野蠻恣縱，簡直目中無人。凡此誇飾與譬喻兼用，突梯滑稽；反諷之意，溢於言外。

（四）精密（Elaboration）

就認知的精密而言，譬喻中能進一步聚焦不同「喻體」的辨析與「喻解」的引申延長；轉化能進一步聚焦「人性化」、「物性化」、「形象化」的相關衍生。同時譬喻、轉化中，往往兼及誇飾、諷刺，注重「質的提升」。

以散文為例，如：

1. 常以為人是一個容器，盛著快樂，盛著悲哀。但人不是容器，人是導管，快樂流過，悲哀流過，導管只是導管。各種快樂悲哀流過，一直到死，導管才空了。瘋子，就是導管的淤塞和破裂。（木心《散文一束・同車人的啜泣》）

2. 很多年以後我才知道，人不是機器上的螺絲釘，人是交響樂團裡的團員。團員一定服從指揮，但他離開樂團仍然是音樂家。而螺絲釘，若從機器上脫落，就成了垃圾，當然，這其間世事發生了大變化。（王鼎鈞《怒目少年・大激動》）

3. 愛情不是椅子──
   如果你只想暫時坐下來，會一屁股落空；因為，愛情是一張會走路的床，除非你想花上半生在其上，否則愛情不會為你停留。（林彧《戀愛遊戲規則》）

第一例木心指出「人」不是「容器」，而是「導管」；人的成長應由「承受」負載，提升至「流過」無執，不沾不滯。第二例王鼎鈞指出「人」不是「螺絲釘」，而是「團員」；應由「螺絲釘」的依賴，進化至「團員」的獨立；合則和諧交響，散則獨奏成家。第三例指出「愛情」不是「椅子」，而是「會走路的床」，剖析真正愛情並非「輕量級」，隨時可拿來坐；而是「重量級」，要花上半生力氣與心思，才能真正擁抱。另如新詩：

> 1. 鐵絲網是一種帶刺的鄉愁
>   無論向南走或是向北走
>   一種裝飾恐怖的花邊（余光中《在冷戰的年代・忘川》
> 2. 宣統那年的風吹著
>   吹著那串紅玉米
>   它就在屋簷下
>   掛著
>   好像整個北方
>   整個北方的憂鬱
>   都掛在那兒（瘂弦《瘂弦詩集・紅玉米》）

第一例分別以「帶刺的鄉愁」（抽象）、「恐怖的花邊」（具體）喻「鐵絲網」，打破具體喻抽象的常見模式，讓喻體虛實靈動，相涉變化。第二例以「憂鬱」（抽象，喻「紅玉米」（具體），同時以「整個北方的憂鬱」擴大形容，兼及空間誇飾，形塑視野色彩「藍」（「憂鬱」）與「紅」（「紅玉米」）的鮮明畫面。

就轉化而言，散文如：

1. 那個名叫「失敗」的媽媽，其實不一定生得出那個名叫「成功」的孩子——除非她能找到那位名為「反省」的爸爸。（張曉風〈十句話〉）

2. 鐘是大廟的鎮廟之寶，銹得黑裡透紅，纏著盤旋轉折的紋路，經常發出蒼然悠遠的聲音，穿過廟外的千株槐樹，拂著林外的萬畝麥，薰陶赤足露背的農夫，勸他們成為香客。（王鼎鈞〈紅頭繩兒〉）

3. 希望有三把剪刀，

   一把剪煩惱，

   一把剪長舌，

   另一把剪月光，

   織成蓆子，靜坐。（簡媜《密密語》）

第一例一改「失敗為成功之母」的說法，自「失敗」、「成功」擬人中，指出「反省」的重要，「失敗」固然是母親，「反省」更是爸爸，只有在雙親家庭，才較能生出「成功」的小孩。第二例將「鐘」擬人，擴大空間視野，延展其綿延不絕的動感（「發出」、「穿過」、「拂著」、「薰陶」），並結合誇飾（「千株槐」、「萬畝麥」），一躍而為廟的最佳代言人，無遠弗屆。第三例將「煩惱」、「月光」形象化，「長舌」是多話的借喻；自轉化與譬喻中，最後加入「剪月光／織成蓆子」的誇飾譬喻，呈現「靜夜思」的懸想禪意。似此「三把剪刀」的交織變化，不再是「量的擴充」的流暢，而是「質的提升」的精密。又以詩為例，如：

1. 萬山不許一溪奔，

   攔得溪聲日夜喧；

　　到得前頭山腳盡，

　　堂堂溪水出前村。（楊萬里〈桂源鋪〉）

　2. 他們說　在水中放進

　　一塊小小的明礬

　　就能沉澱出　所有的

　　渣滓

　　那麼　如果

　　如果在我們的心中放進

　　一首詩

　　是不是　也可以

　　沉澱出所有的　昨日（席慕蓉《無怨的青春·試驗之一》）

第一例自「萬山」與「溪」的擬人對峙上加以衍生，「萬山」雖大，擋得了一時，擋不了一世；留得住「溪」的身，留不住「溪」的心。有朝一日，形勢比人強，「溪」將奔向遠方，終究擋不了，留不住。似此情境類比，可以有諸多不同解讀，可以是父母與子女的關係，也可以是師生關係，上司下屬關係，傳統與現代關係，不一而足，各有會心。第二例將「一首詩」、「明礬」形象化，藉由明礬沉澱渣滓的物理現象，推想心理現象的「時光倒流」，可說有理而妙。

（五）獨創（Originality）

　　在想像力的獨創上，聯想與類比中的意象（譬喻、轉化等），能暗示結局，渲染氣氛，前後呼應，由局部至整體，展現整體立意的「象徵」、「悖論」，力求「更新更好」的匠心獨運。

　　就譬喻意象而言，如：

1. 酸梅湯沿著桌子一滴一滴的朝下滴，像遲遲的夜漏。一滴，一
   滴……一更，二更……一年，一百年。真長，這寂寂的一剎
   那。（張愛玲〈金鎖記〉）

2. 時間既是生命的密友，又是生命的仇敵。這一點，任什麼也逆
   轉不了，改易不了。人生真正的大悲劇，便在這裏。（白先勇
   《第六隻手指·風霜行旅》）

3. 然而我們不是一直相信生命是一場充滿祝福的詛咒，一枚有著
   苦蒂的甜瓜，一條布滿陷阱的坦途嗎？（張曉風《從你美麗的
   流域·星約》）

第一例中以「更漏」喻滴下的「酸梅湯」，原本沒什麼特殊；但在
「一滴」的空間裡轉換成時間的「一更」，再由時間的無限拉長，即
是「百年剎那」時間壓縮。於此，一滴滴的酸梅湯汁，成為時間象徵
的縮影。第二例聚焦時間意象「對立的統一」，時間是生命的雙面
人，既是密友，造就人間；也是仇敵，玩弄人間；正是「成也時間，
敗也時間」，叫人哭笑不得。第三例以激問口吻，正視生命的複雜悖
論；所謂「祝福的詛咒」、「苦蒂的甜瓜」、「陷阱的坦途」，正是人生
最玄奧的弔詭，最深刻的幽微，最難以理解深沉的內蘊。反觀詩詞中
「月」意象的運用，如：

　　恨君卻似江樓月，
　　暫滿還虧，
　　暫滿還虧，
　　待得團圓是幾時？

　　恨君不似江樓月，

南北東西，

南北東西，

只有相隨無別離。（呂本中〈采桑子〉）

自「月」的「圓缺」、「相隨」上加以發揮，自「似」與「不似」的譬喻中，揭示對「團圓」的殷切盼望與無法「相隨」的沉沉落寞，正是「似與不似間，妾身千萬難」。似此「對立統一」的譬喻，讓「月」意象的象徵，有了個人創造性的獨特體現。

　　就轉化意象而言，古典詩中往往藉由改變視角，化主觀情意為情境類比，突顯人格特徵，最能景中有情，情中有理，形塑「人物雙寫」的象徵。如：

1. 千錘萬鑿出為山，

　　碎骨粉身渾不怕，

　　烈火焚燒若等閒；

　　要留清白在人間！（于謙〈詠石灰〉）

2. 咬定青山不放鬆，

　　立根原在破巖中；

　　千磨萬擊還堅勁，

　　任爾東西南北風。（鄭燮〈題竹石〉）

第一例明代于謙由擬人出發，結合誇飾（「千錘萬鑿」、「粉身碎骨」）、借喻（「烈火焚燒」），既寫石灰，亦寫自己抱負理念，「清白」一語雙關，既寫石灰色澤，亦寫自己人格「清白」，愛國愛民，仰不愧天，俯不愧地。第二例清代鄭燮，以畫竹聞名。此詩亦由擬人出發，結合誇飾（「千磨萬擊」）、借喻（「破巖」、「東西南北風」），表達

自身對「竹石」的強烈認同；「竹石」的堅韌孤直形象，無疑是他內心世界的象徵投影，完全無懼官場的醬缸文化，堅持傳統知識份子的理想性格。至於新詩，如：

> 他走著　雙手翻找著那天空
> 他走著　嘴邊仍吱唔著砲彈的餘音
> 他走著　斜在身子的外邊
> 他走著　走進一聲急煞車裡去
>
> 他不走了　路反過來走他
> 他不走了　城裡那尾好看的週末仍在走
> 他不走了　高架廣告牌
> 　　　　　將整座天空停在那裡（《羅門詩選‧車禍》）

藉由「正」（「走」）、「反」（「不走」）視角的對比，由前半習以為常的「人」（「他」）為主體，翻轉至下半超常「人性化」（「路」、「週末」、「廣告牌」）的異想世界；提供與眾不同的顛倒視野，一改車禍開高走低的反諷模式，展現「相反相成」的意象世界；可說開低走高，獨樹一幟，在在顯現作者以想像翻轉殘酷人生的獨創力。

　　綜上所述，可見語文創思的想像力，自成極態盡妍的美感世界。始於造句的敏覺、變通，次於結構的流暢，終於取材立意的精密、獨創；始於聯想系列的譬喻，次於類比系列的轉化，終於整體結構的象徵與悖論；自形象語言的「觸發、延展、完形」的三部曲中，展開創造性的意象書寫。

五　想像力與意象

　　意象是作家的身分證，藝術的入場券；窺意象而運思，籠天地於筆墨，最能捕捉繪聲繪影的畫面，虛實綜錯，栩栩如生。主要分四類[9]：

　　（一）單一意象（複詞）
　　（二）複合意象（透過一個完整的句型）
　　（三）意象群（散點式、放射狀）
　　（四）意象系統（作家的獨特性，作品的象徵世界）
以下分別敘述：

（一）單一意象

　　單一意象，是意象的起點（觸點）。就譬喻而言，包括「本體」、「喻體」的運用；就轉化而言，即人性化、物性化、形象化的類比。凡此譬喻、轉化意象，均立足客觀認知（形態、性質、過程、功能、目的）[10]的貼切把握，其中以「形態」、「性質」的發揮最為重要。圖示如下：

9　鄭明娳：《現代散文構成論》（臺北市：大安出版社，1989年），頁93-107。括弧為筆者說明。

10　陳汝東：《認知修辭學》（廣州市：廣東教育出版社，2001年）。

以「媽媽」為本體，可以根據五種認知，一意可以多象。如：

1. 媽媽是金字塔。（形態）
2. 媽媽是空氣。（性質）
3. 年輕時的媽媽是一瓶酒，年老時的媽媽是一瓶醋。（過程）
4. 媽媽是提款機。（功能）
5. 媽媽是上帝派來的天使。（目的）

另外以「金字塔」為喻體，一象亦可多意，根據「金字塔」的特徵，關係如下：

根據五種認知，可以譬喻造句，如：

1. 為學有如金字塔，要能廣大要能高。（形態）
2. 長篇小說是文學的金字塔。（性質）
3. 有些人像金字塔，位居低位，博採眾議；位居高位，則聽不進任何建言。（過程）
4. 做人要像金字塔，眼觀四面，面面俱到。（功能）
5. 把自己站成金字塔，你就是沙漠中的王者，無人能擋。（目的）

可見意象翻飛，始於客觀認知，發皇於無窮的感知、感染與感悟。同樣運用在轉化上，亦可自擬人的「形態」、擬物的「性質」上加以運用。

以「陽光」為例，可以直接賦予動詞，如：微笑、跳躍、舞蹈、打滾、擁抱、進逼、攻打等；亦可人性化成「陽光的眼睛」、「陽光的熱臉」、「陽光的手指」等；亦可物性化成「陽光的金箭」、「陽光的金針」、「陽光的金刀」、「陽光的盔甲」、「陽光的烈酒」、「陽光的鐵漿」、「陽光的湯汁」、「陽光的啄木鳥」等。另以「命運」為例，可以直接賦予動詞，如「作弄」、「賞賜」、「開玩笑」、「咆哮」、「吞噬」、「反撲」等，亦可人性化成不同意象，由上至下為：

命運的盲瞳
命運的喉嚨
命運的尖齒
命運的獠牙
命運的長舌
命運的黑手
命運的巨足

展開不同的「過程」，不同的「功能」，與殊途同歸的「目的」。當然亦可物化性成不同意象，形形色色。就固態而言，如：

命運的枷鎖
命運的青紅燈
命運的黑紗
命運的繩子

　　　　命運的鞭子

　　　　命運的高牆

　　　　命運的巨塔

　　　　命運的賭盤

　　　　命運的羅網

　　　　命運的毛玻璃

　　　　命運的方向盤

在液態上，如：

　　　　命運的長河

　　　　命運的狂浪

　　　　命運的險灘

　　　　命運的暗流

　　　　命運的海嘯

　　　　命運的雨滴

藉由單一意象的轉化，並非全然主觀，仍須掌握人性化、物性化的客觀認知，由「形態」、「屬性」出發，邁向創造性的想像。

（二）複合意象

　　複合意象係單一意象的進階，注重新語感的動態演出，在譬喻中揭示新關係的再發現，在轉化中能有鮮活律動的新語境，最能警挺突出，甚而讓「形象語言」提升至「啟發語言」，自嶄新中折射別有弦外之音的餘韻。

　　以「星星」為例，如：

1. 每顆星星都要當太陽，那夜晚的天空就不美了。（諺語）
2. 一顆孤星照不亮臺北陰霾的天空。（新聞標題）
3. 星星不因為像螢火蟲而怯於出現。（泰戈爾《漂鳥集》）

第一例強調「各安其位」的和諧之美，不能每個人都當主角，一個夜晚不能有「太陽」、「月亮」兩個主角。第二例強調獨木難撐大廈，只有眾星齊亮，團結同心，才能群策群力，有所作為。第三例強調自得其樂，自珍自重；何必比較，何必計較，各有各的優點，可以活得自在，快活自在做自己。至如將「螢火蟲」擬人，如：

　　一隻螢火蟲，將世界從黑暗裡撈起。（周夢蝶）

則強調希望是比恐懼更強烈的心頭之光，只要一點點光就可以照亮四周，延展至全世界。似此複合意象的動感畫面比起「黑暗世界，一隻螢火蟲晶亮飛起」的直接敘述，更顯律動嶄新，婉曲有味。

　　以散文為例，可以由喻體的遞繫中，展開複合意象。如：

1. 在山嶽如獄的四川，他的眼神如蝶，翩翩於濱海的江南。（余光中《望鄉的牧神‧地圖》）
2. 今夜星稀，萬戶沈沈而天線獨醒，電波如梭，編織戰爭與和平。（王鼎鈞《左心房漩渦‧驚生》）

第一例自「蝶」（喻體）的遞繫銜接，展開「翩翩」舞姿，飛向江南的故鄉。此例若直接物性化，則成「他的眼神翩翩於濱海的江南」，明顯較為單調。第二例自「梭」（喻體）的遞繫，成為主語，展開「編織」動作，帶出禍福並行的臆測。若直接物性化，則成「電波編織戰爭與和平」，較為簡單。

以新詩為例，將「雁子」轉化，如：

1. 秋雁
   排出
   尋——人
   啟事（高大鵬〈秋興三首〉）
2. 孩子們仰著小臉
   看到天空中飛過的
   「人」字
   都說：
   那是秋天寫給大家讀的
   詩（黃長安〈雁〉）

第一例化純粹雁陣寫景，為動感造境，讓「人」字排列，變成天空中張貼的「尋人」表白。第二例「雁子」成為「秋天」代言人，「人」字成為「詩」心的美感意象。於是天空中一撇一捺的象形，可以有抒情興發；思念遠方親人，懷念未見的愛人；亦可有純真召喚；召喚反璞歸真，直指本心；讀來含蓄婉曲，親切有味。

（三）意象群

意象群是單一意象的多重組合，複合意象的再加延展。意象群注重意象的組合，自意象的多樣並置中，定向輻射，跳躍串連，展開畫面情境與同顯情境，共構「多樣統一」的美感藝境，更顯想像力的瑰奇富麗。

首先，就古典詩而言，可以共時織錦，共構空間並列，展開文字的蒙太奇的畫面。如：

1. 窗裡人將老，門前樹已秋。（韋應物）
2. 樹初黃葉日，人欲白頭時。（白居易）
3. 雨中黃葉樹，燈下白頭人。（司空圖）

三例均有四個意象，但第三例實字較多，密度較強，充滿蒙太奇效果；反觀第一、二例分明加入虛字（「將」、「已」，「初」、「日」、「欲」、「時」）、形容詞（「老」、「秋」）的說明，密度與想像空間較為不足。同時，第一、二例只有視覺畫面，第三例則兼及聽覺音感（「雨中」）與視覺畫面，形塑更蕭條悲涼的情境，無怪乎詩評家均以司空圖詩句勝出。[11]又如張繼〈楓橋夜泊〉：

1. 江楓漁火對愁眠。（原作）
2. 江楓漁火對人眠。（改作）

原作「江楓」、「漁火」、「愁」是具象與抽象的並列織錦，「愁」不再是單純的心覺，而是主觀情意的形象化，化虛為實，變形在前。反觀改作，均為「江楓」、「漁火」、「人」的具體實境，點金成鐵，缺乏藝術加工的變化，自然遜色。

其次，就散文而言，可以歷時跳躍，形塑時間先後關係，展開文字蒙太奇的組合變化。如：

1. 第二天，一陣風雨，吹破了樹上的招貼，吹散了樹下的人羣，吹啞了蟬，吹冷了江。也吹來一陣兵革殺伐之音。（王鼎鈞《左心房漩渦‧最後一首詩》）

---

11 龍協濤：《文學閱讀學》（北京市：北京大學出版社，2004年），頁23。

2. 我常怏怏地坐在門前，望著那叢花發呆，有時將風聲聽成海浪
　聲，有時將那片無垠的草綠望成海藍，有時將路人望成穿黑衣
　的女人，那叢花裡住著故人，住著大海，住著鄉愁」（周芬伶
　《熱夜·聽聽海啊！》）

第一例以「吹」字重出，貫串四組排比畫面（「招貼」、「人羣」、
「蟬」、「江」），並自動詞的統一上，加快速率，跳躍意象，由實而
虛，帶出時代的動亂；在畫面轉接間，暈染出世亂的滄桑。第二例由
「叢花」展開懸想，藉由「住」類字重出，統一動詞，變化意象
（「故人」、「大海」、「鄉愁」）；由景入情，由實入虛，帶出內心世界
的隔海無奈。另就新詩而言，亦可以「雁」為主體，展想跳躍意象，
共組主觀情意的世界。如：

1. 一隻過雁
　以落葉之姿
　向悠悠無涯的時間飄出
　哇地一聲
　吐了一溪的白雲（洛夫）
2. 雁羣以整生的淒涼
　只在天空寫下一個人字
　蘆葦側耳傾聽
　江水在唱秋之輓歌（洛夫《因為風的緣故·無題四行》）

第一例由「雁」、「落葉」至「白雲」，捕捉空中三組飄動意象，化不
相干為相干，自時間先後開展，共組定向的美感想像，呈現無理而妙
的趣味。第二例由「雁群」、「蘆葦」至「江水」，則自由高而下的三

組轉化中，共譜不和諧的衷曲，傷心人各有懷抱，各有悼念輓歌。

(四) 意象系統

意象系統，直指作品的象徵世界；由一意多象的感染，終至一象多義的折射；由局部象徵（單一意象、複合意象、意象群），完形重組；自「變化中有統一」的一再呼應裡，躍向整體象徵的豐富內蘊。

若以「日」、「太陽」為象徵，可自「象」的「形態、性質、過程、功用、目的」的客觀認知，加以把握。依此客觀認知，「太陽」計有：崇高、生命、時間、希望、熱源的多義。圖示如下：

首先，就「形態」的崇高而言，太陽是掌上位者的象徵。如：

1. 玉顏不及寒鴉色，猶帶昭陽日影來。（王昌齡〈長信秋詞〉）
2. 更無柳絮因風起，惟有葵花向日傾。（司馬光〈初夏〉）

「日」暗示夫君、國君，自是臣妾仰望的心中太陽。

其次，就「性質」的生命孕育而言，如：

近水樓台先得月，向陽花木早逢春。（蘇麟〈斷句〉）

所有的生命都需要陽光，而生命的勃發孕育，往往與「情欲」相連。諸如張愛玲〈怨女〉、白先勇〈遊園驚夢〉、李永平〈日頭雨〉小說中的太陽，多與此象徵有關。

就「過程」的變化而言，太陽是時間的象徵。如：

1. 閒雲潭影日悠悠，物換星移幾度秋。（王勃〈滕王閣〉）
2. 從來繫日乏長繩，一杯春露冷如冰。（李商隱〈謁山〉）

太陽日日移動不居，誰也不能留住時間的腳步。黑澤明電影《夢‧烏鴉》中，梵谷說：「太陽不斷逼我作畫」，企圖捕捉太陽底下光陰的瞬間變化，感受時間的變易消逝。

復次，自「功能」的希望而言，如：

1. 上帝，我從來不信祢。但此刻，我求祢。如果，安排這隻巨獸，是為了發洩祢的憤怒，我相信，這巨獸體內也暗藏了祢的仁慈。如今，我站在池畔，當它是祢最溫柔的心臟，許一個最奢求的心願。把微笑還給曾經哭泣的人，把健康還給受苦的人，把生命，還給熱愛生命的人。當這枚硬幣投下，我期待聽到祢的心聲對我慷慨允諾：
   讓陽光，回到陽光不到的國度。（簡媜〈陽光不到的國度〉）
2. 如果太陽老是呆在天上不動，它就不會在心中燃起熱情的火焰。只有當太陽從人眼中消失，把黑夜的恐懼加到人們頭上，然後又再度在天上出現，人這才向它下跪。（費爾巴哈）

太陽永遠給人「光明」的希望，夜夜重燃等待陽光的希望，重燃陽光遍照一切的期盼。

最後，就「目的」之熱源而言，陽光是熱情樂觀、積極向上的象徵。如：

1. 你的身旁有陰影，只因為你自己擋住了陽光。（劉明鑒）
2. 無論前往何處，無論天氣如何，請帶著你的陽光。（迪安迪羅）

陰影是自找的，只有永不絕望才是心頭的陽光；即使沒有陽光，世界陽光缺席，自己更要成為陽光，熱力四射，永不止息。

凡此即歷來「日」、「太陽」的多義象徵。而優秀作家意象系統的象徵藝術，除了體現傳統固定的象徵之餘，宜由普遍走向特定，開創個人創造性的象徵，繼往開來，開拓更現代更飽滿的象徵新世界。

六　想像力的創思教學

語文創思想像力的教學策略，主要有腦力激盪、自由聯想、視覺化與心像圖、屬性列舉、形態分析、歸因、強迫組合法等。筆者以為始於「腦力激盪」的擴散激發，再加上「強迫組合」中「限制的自由」的練習，頗具效益。

首先，在腦力激盪法上，可由局部引導，再至整體類比，循序漸進。以歇後語「一場空」為例，可以先採填空方式，引導相似情境的想像。如：

1.竹藍□□
2.鏡花□□
3.望梅□□
4.緣木□□

5.揚湯□□

6.畫餅□□

7.炒沙□□

8.水中□□

9.對牛□□

10.夏蟲□□

11.痴人□□

12.雞飛□□

13.夢幻□□

藉由以上提點，順藤摸瓜，自能觸類旁通，完成想像：

1.竹籃打水──一場空

2.鏡花水月──一場空

3.望梅止渴──一場空

4.緣木求魚──一場空

5.揚湯止沸──一場空

6.畫餅充饑──一場空

7.炒沙作飯──一場空

8.水中撈月──一場空

9.對牛彈琴──一場空

10.夏蟲語冰──一場空

11.痴人說夢──一場空

12.雞飛蛋打──一場空

13.夢幻泡影──一場空

經由以上練習，自可由字至句，展開歇後語造句，另以「跑不了」為例，攸關身陷困境，無法解套，束手就擒的情境，將一一浮現。分別有：

1.下油鍋的王八——跑不了
2.貓嘴裡的老鼠——跑不了
3.斷了腿的青蛙——跑不了
4.甕中捉鱉——跑不了
5.老鼠進牛角——跑不了
6.缸裡擲骰子——跑不了
7.口袋裡抓兔子——跑不了
8.罩網游魚——跑不了
9.三條腿的毛驢——跑不了
10.板子上的釘子——跑不了
11.籠裡抓小雞——跑不了
12.死衚衕裡逮豬——跑不了
13.葫蘆谷裡追兵——跑不了
14.關門摸瞎子——跑不了

經由民間智慧腦力激盪的觀摩，莘莘學子一回生，二回熟；將不再視聯想、類比為畏途，將可由學而仿，由仿而創，在「三回巧，四回妙，五回呱呱叫」的精進下，飛向創思的天空。

其次，在強迫組合法上，宜力求想像升級。

自兩個或多個不同事物的組合中找出新關係。劉仲林謂：

把表面看來似乎不相關的事物有機結合在一起，合二而一，頓

生新奇。[12]

似此「化不相關事物為有機組合」，即余光中所謂「創造性的想像」：

> 想像，可以視為藝術的特權，真理的捷徑。詩藝之中，諸如明
> 喻、隱喻、換喻、誇張、擬人、象徵等等手法，皆可視為創造
> 性想像的鍛鍊，因為綜而觀之，這手法都使用「同情的摹仿」
> （sympathetic imitation），使兩件原不相涉的東西發生關係。[13]

尤其介入各種藝術手法，讓不可能結合的意象，碰撞出火花，噴出彩
霞，化平常為超常，最為神奇。

　　歷來論及意象組合，主要分兩大類：

1 共時性

　　空間並列，意象疊加，以映襯、排比為主。

2 歷時性

　　時間先後，意象貫串，以總分（包孕式）、層遞（遞繫式）為主。
今相較如下：

　1. 做不成天空，就做一面鏡子；做不成月亮，就做一顆星星；做
　　　不成燈塔，就做一根蠟燭。（張春榮〈珠璣語〉）

---

12 劉仲林：《中國創造學概說》（天津市：天津人民出版社，2001年），頁57-59。
13 余光中：〈藝術創作與間接經驗〉，見其《從徐霞客到梵谷》（臺北市：九歌出版
　　社，1994年），頁304。

2. 做不成天空的星子，就做山上的燎火吧！做不成山上的燎火，
就做屋裡的一盞燈吧！（張秀亞〈持燈者〉）

第一例為共時性組合，以三組意象（「天空、鏡子」、「月亮、星星」、
「燈塔、蠟燭」）排比，強調適性適才，安心做自己；第二例為歷時
性組合，以三個意象（「星子」、「燎火」、「一盞燈」）遞遞推展，層層
深入，主張盡力而為，不必強求，大有大的貢獻，小有小的功勞。

　　至於意象組合的造句，可自兩個語詞的「強迫」、「限制」中激發
聯想與類比的「自由」與「超越」。以「專情」、「多情」兩個語詞造
句為例，如：

1. 「多情」的男人像麻辣鍋，一不小心會讓自己受傷；「專情」的
男人像白開水，淡而有味。（林文儀）
2. 「專情」是深廣的大海，「多情」是洶湧的波濤，無情是沙灘上
留下的垃圾。（秋實）
3. 當「專情」攀附在「多情」的枝幹上，將生出一顆顆悲劇之
果。（盧逸文）

前二例結合譬喻，展開共時性的畫面；第一例是映襯，第二例以排比
敘述。反觀第三例結合轉化（「無情」、「多情」形象化），展開歷時性
的因果想像。又以「智商」、「智慧」兩個語詞造句為例，如：

1. 「智商」是狂者，飛揚跋扈；「智慧」是狷者，有所不為。（秋
實）
2. 高「智商」是一把鋒利的劍，「智慧」則是保護它的劍鞘。（秋
實）

3. 高「智商」大叫：「長江後浪推前浪。」「智慧」緩緩道：「大浪
　 小浪都是水。」（張春榮）

4. 高「智商」嘆說：「沒有對手是寂寞的！」「智慧」笑說：「寂寞
　 可以享受，自己是最大的對手。」（張春榮）

前兩例結合譬喻，展開共時性的畫面組合（「映襯」）；後兩例結合轉
化（人性化），展開歷時性的對話。所謂「言為心聲」，第三例人性化
「智商」停在表相所見，人性化的「智慧」進入悟道層次，透視對立
的統一；至於第四例「智商」囿於視野，只知跟別人比，反觀「智
慧」，則跟自己比，展現生命境界的遞進。另如以「調色盤」、「鞋
子」、「眼鏡」三個語詞造句，可以激發不同關係的組合，如：

1. 有了「眼鏡」可以看得更清，有了「鞋子」可以走得更遠，有
　 了「調色盤」可以揮灑出更絢麗的色彩。（錦池）

2. 現代人的悲哀是，把自己的臉當成「調色盤」，調出厚厚保護
　 色；戴上黑色「眼鏡」，遮住眼神；穿上有氣墊的名牌「鞋
　 子」，卻只是用來炫耀。（張春榮）

3. 能夠用「調色盤」調得這種顏色，能夠做出這種創意的「鞋
　 子」，真是跌破專家「眼鏡」。（秋實）

前兩例展開共時性敘述，第一例談擁有三者的優點，第二例談現代人
的深沉悲哀；第三例展開歷時性觀察，由物（「調色盤」、「鞋子」）及
人（「眼鏡」借代專家）的關係中，自成因果變化。

　　最後，亦可自強迫組合中寫詩。以「花」、「蜜蜂」為意象，完成
兩行詩。如：

1. 花給了蜜蜂柔情蜜意

　自己笑得更燦爛。（蕭蕭）

2. 花枯萎以後，

　蜜蜂才長出翅膀。（李長青）

第一例寫和諧美感，因分享而美麗；第二例照見不和諧的反諷，時不我予，各自遺憾。又以「碑」、「青草」、「相思」為意象，完成三行詩。如：

1. 碑是終點

　青草點燃原野綠焰

　焚燒相思（秋實〈碑〉）

2. 碑是起點

　看不見青草和綠苔

　看得見相思（何光明〈墓〉）

兩例同寫悲情，第一例自「天長地久有時盡」立意，一寸相思終成青草下的灰燼；第二例自「曾經擁有便是天長地久」立意，觸目皆是相思成林，終成心頭長青的風景；兩者視角不同，而第二例採用綠色思考帽，改變一般觀點，別具新意，與眾不同。復以「偶像」、「空地」、「野草」為意象，完成四行詩。如：

1. 偶像不過是嘔吐的對象

　空地就是萬古長空的新生地

　因多年來沒人聽

　野草懶得再說（秋實〈聽說〉）

2. 偶像倒了以後

空地上的那塊疤又醜又怪

多虧好心的野草

用綠色，補了起來（向明《隨身的糾纏‧碎葉聲聲》）

第一例自「偶像」、「空地」的增字拆解上，加以雙關引申，直指智者「野草」的沉默之音；第二例自「偶像」、「空地」的無情下場中，發揮野草「綠色之愛」；前者充滿淡定批判，後者洋溢溫暖和解，各戴不同思考帽。

　　當然藉由「人物」、「情節」強迫組合，可以設計學生完成寓言、笑話、最短篇等，凡此均為語文創思教學中的金礦，值得有心教師全力以赴，加以開墾。畢竟在想像瑰奇的世界裡，選擇立意就是一種判斷，強迫組合就是一種創造。

張春榮編著：《現代修辭教學》（臺北市：

萬卷樓圖書公司，2014 年 12 月初版）。

參考書目

王鼎鈞《左心房漩渦》，臺北市：爾雅出版社，1988 年。

王鼎鈞《心靈與宗教信仰》，臺北市：爾雅出版社，1998 年。

王鼎鈞《文學種籽》，臺北市：爾雅出版社，2003 年。

王鼎鈞《關山奪路》，臺北市：爾雅出版社，2005 年。

王鼎鈞《黑暗聖經》，臺北市：爾雅出版社，2008 年。

王鼎鈞《文學江湖》，臺北市：爾雅出版社，2009 年。

王鼎鈞《桃花流水杳然去》，臺北市：爾雅出版社，2012 年。

王鼎鈞《度有涯》，臺北市：爾雅出版社，2012 年。

王鼎鈞《古文觀止化讀》，臺北市：爾雅出版社，2013 年。

白　靈《一首詩的誕生》，臺北市：九歌出版社，1991 年。

白　靈《一首詩的玩法》，臺北市：九歌出版社，2004 年。

白　靈《一首詩的誘惑》，臺北市：九歌出版社，2006 年。

白先勇《臺北人》，臺北市：爾雅出版社，1983 年。

史英等《創意教室》，臺北市：小暢書房，1990 年。

朱光潛《柏拉圖文藝對話集》，臺北市：元山書局，1986 年。

余光中《紫荊賦》，臺北市：洪範書店公司，1986 年。

余光中《記憶像鐵軌一樣長》，臺北市：洪範書店公司，1987 年。

余光中《憑一張地圖》，臺北市：九歌出版社，1988 年。

余光中《從徐霞客到梵谷》，臺北市：九歌出版社，1994 年。

余光中《井然有序：余光中序文集》，臺北市：九歌出版社，1996
　　年。

余光中《藍墨水的下游》，臺北市：九歌出版社，1998 年。

余光中《日不落家》，臺北市：九歌出版社，1998 年。

余光中《逍遙遊》，臺北市：九歌出版社，2000 年。

余光中《高樓對海》，臺北市：九歌出版社，2000 年。

余光中《聽聽那冷雨》，臺北市：九歌出版社，2002 年。

余光中《青銅一夢》，臺北市：九歌出版社，2005 年。

余秋雨《藝術創造工程》，臺北市：允晨文化實業公司，1990 年。

李淑文《創新思維方法論》，北京市：中國傳播大學出版社，2005
　　　年。

竺家寧《漢語風格與文學韻律》，臺北市：五南圖書出版公司，
　　　2001 年。

沈　謙《案頭山水之勝境》，臺北市：尚友出版社，1981 年。

沈　謙《修辭學》，新北市：空中大學，1995 年。

波諾著，江麗美譯《六頂思考帽》，臺北市：桂冠圖書公司，1996
　　　年。

波諾著，芸生、杜亞琛譯《教孩子思考》，臺北市：桂冠圖書公
　　　司，1999 年。

波諾著，王以、吳亞濱譯《平行思維》，北京市：企業管理出版
　　　社，2004 年。

波諾著，汪凱、吳亞濱譯《思考帽：平行思維的應用技巧》，北京
　　　市：企業管理出版社，2004 年。

吳　曉《詩歌與人生：意象符號與情感空間》，臺北市：書林出版
　　　社，1995 年。

孟　樊《戲擬詩》，臺北市：秀威資訊科技公司，2011 年。

孟　樊《台灣中生代詩人論》，新北市：揚智文化公司，2012 年。

林于弘《航行，在詩的海域》，臺北市：礫研齋筆墨出版公司，
　　　2009 年。

林于弘《縱橫福爾摩沙》，臺北市：礫研齋筆墨出版公司，2011 年。

林于弘《經與緯的夢想》，臺北市：礫研齋筆墨出版公司，2014 年。

林幸臺、王木榮《威廉斯創造力測驗指導手冊》，臺北市：心理出
　　　版社公司，1994 年。

林進材、薛瑞君《創意教室》，高雄市：復文圖書出版社，2000 年。

林慧玲《語文閱讀教學策略》，臺北市：秀威資訊科技公司，2012
　　　年。

周芬伶《散文課》，臺北市：九歌出版社，2013 年。

周芬伶《創作課》，臺北市：九歌出版社，2014 年。

周中明《紅樓夢的語言藝術》，臺北市：木鐸出版社，1985 年。

洛　夫《釀酒的石頭》，臺北市：九歌出版社，1983 年。

洛　夫《因為風的緣故》，臺北市：九歌出版社，1988 年。

洛　夫《隱題詩》，臺北市：爾雅出版社，1993 年。

洛　夫《落葉在火中沉思》，臺北市：爾雅出版社，1998 年。

洛　夫《雪落無聲》，臺北市：爾雅出版社，1999 年。

洛　夫《背向大海》，臺北市：爾雅出版社，2007 年。

洛　夫《背向大海》，臺北市：爾雅出版社，2014 年。

洛　夫《唐詩解構》，臺北市：遠景出版社，1998 年。

洪榮昭《創意媽媽教室》，臺北市：師大書苑公司，1998 年。

洪榮昭《創意領先》，臺北市：張老師文化事業公司，1998 年。

洪淑苓《思想的裙角：台灣現代女詩人的自我銘刻與時空書寫》，
　　　臺北市：臺大出版中心，2014 年。

馬大康《詩性語言研究》，北京市：中國社會科學出版社，2005 年。

胡亞敏《敘事學》，武漢市：華中師範大學出版社，2004 年。

胡性初《中文實用修辭學教程》，香港：三聯書局，2001 年。

胡菊人《小說技巧》，臺北市：遠景出版社，1974 年。

胡菊人《紅樓・水滸與小說藝術》，臺北市：遠景出版社，1981 年。

高友工《中國美典與文學研究》，臺北市：臺大出版中心，2004 年。

高辛勇《形名學的敘事理論──結構主義的小說分析法》，臺北市：聯經出版事業公司，1987 年。

高辛勇《修辭學與文學閱讀》，北京市：北京大學出版社，1997 年

原　　來《創意教養》，臺北市：小暢書房，1989 年。

原　　來《創意思考 365》，臺北市：小暢書房，1990 年。

徐玟玲等《創造力教學口袋──三至八歲開放發展式藝術教學》，臺北市：心理出版社公司，2006 年。

徐　　岱《小說敘事學》，北京市：商務印書館，2010 年。

郝廣才《腦力發電：打開創意的開關》，臺北市：皇冠文化出版公司，2006 年。

張大春《小說稗類》，臺北市：聯經出版事業公司，1998 年。

張大春《認得幾個字》，新北市：印刻文學生活雜誌出版公司，2007 年。

張文新、谷傳華《創造力發展心理學》，合肥市：安徽教育出版社，2004 年。

張玉成《開發腦中金礦的教學策略》，臺北市：心理出版社公司，1991 年。

張玉成《思考技巧與教學》，臺北市：心理出版社公司，1993 年。

張世彗《創造力──理論、技術／技法與培育》，臺北市：五南圖書出版公司，2003 年。

張先華《魅力語文的創新方法》，成都市：四川大學出版社，2008 年。

張春榮《極短篇的理論與創作》，臺北市：爾雅出版社，1999 年。

張春榮《修辭新思維》，臺北市：萬卷樓圖書公司，2001 年。

張春榮《文學創作的途徑》，臺北市：爾雅出版社，2003 年。

張春榮《修辭散步》，臺北市：三民書局，2006 年。

張春榮《作文教學風向球》，臺北市：萬卷樓圖書公司，2008 年。

張春榮《實用修辭寫作學》，臺北市：萬卷樓圖書公司，2009 年。

張春榮《現代修辭學》，臺北市：萬卷樓圖書公司，2013 年。

張春榮《現代修辭教學》，臺北市：萬卷樓圖書公司，2014 年。

張春榮、顏荷郁編著《電影智慧語》，臺北市：爾雅出版社，2005 年。

張春榮、顏荷郁編著《世界名人智慧語》，臺北市：爾雅出版社，2008 年。

張春榮、顏荷郁編著《中外名人智慧語》，臺北市：爾雅出版社，2015 年。

張春榮、顏藹珠主編《名家極短篇——悅讀與引導》，臺北市：萬卷樓圖書公司，2004 年。

張春榮、顏藹珠主編《文心交響——語文教學與文學論集》，臺北市：萬卷樓圖書公司，2014 年。

張春榮、顏藹珠編著《佛學大師智慧語暨王子悅造像碑》，臺北市：礫研齋筆墨出版公司，2014 年。

張夢機《近體詩發凡》，臺北市：臺灣中華書局公司，1970 年。

張夢機主編《鏡頭中的詩境》，臺北市：漢光文化公司，1983 年。

張夢機《古典詩的形式結構》，臺北縣：駱駝出版社，1997 年。

張掌然、張大松《思維訓練》，武漢市：華中科技大學出版社，2000 年。

張曉風《我在》，臺北市：爾雅出版社，1984 年。

張曉風《這杯咖啡的溫度剛好》，臺北市：九歌出版社，1996 年。

張曉風《星星都已到齊了》，臺北市：九歌出版社，2003 年。

張曉風《從你美麗的流域》，臺北市：爾雅出版社，2009 年。

張曉風《送你一個字》，臺北市：九歌出版社，2009 年。

張曉芒《創新思維方法概論》，北京市：中央編譯出版社，2008 年。

張默編著《戲仿現代名詩百帖》，臺北市：九歌出版社，2014 年。

孫紹振《審美形象的創造：文學創作論》，福州市：海峽文藝出版社，2000 年。

孫劍秋主編《閱讀評量與寫字教學》，臺北市：五南圖書出版公司，2010 年。

孫惠柱《戲劇結構》，臺北市：書林出版社，1993 年。

徐　學《臺灣當代散文通論》，福州市：海峽文藝出版社，1994 年。

專案小組《國家考試國文科命題參考手冊》，臺北市：考選部，2002 年。

郭有遹《創造心理學》，臺北市：正中書局，2001 年；北京市：科學教育出版社，2002 年。

許素甘《展出你的創意：曼陀羅與心智繪圖的運用與教學》，臺北市：心理出版社公司，2004 年。

陳仲義《現代詩技藝透析》，臺北市：文史哲出版社，2003 年。

陳啟佑《新詩形式設計的美學》，臺中市：台灣詩學季刊，1993 年。

陳英豪等《創造思考與情意的教學》，高雄市：復文圖書出版社，1994 年。

陳芳明《很慢的果子：閱讀與文學批評》，臺北市：麥田出版社，2015 年。

陳汝東《認知修辭學》，廣州市：廣東教育出版社，2001 年。

陳義芝主編《新極短篇》，臺北市：聯經出版公司，1995 年。

陳義芝主編《最短篇》，臺北市：寶瓶文化公司，2003 年。

陳滿銘《章法學綜論》，臺北市：萬卷樓圖書公司，2003 年。

陳滿銘《篇章辭章學》，福州市：海風出版社，2004 年。

陳滿銘《篇章結構學》，臺北市：萬卷樓圖書公司，2005 年。

陳滿銘《新編作文教學指導》，臺北市：萬卷樓圖書公司，2007 年。

陳滿銘《多二一（○）螺旋結構論》，臺北市：文津出版社公司，
　　　2007 年。

陳滿銘主編《新式寫作教學導論》，臺北市：萬卷樓圖書公司，
　　　2007 年。

陳龍安《創造思考教學的理論與實際》，臺北市：心理出版社公
　　　司，1988 年。

陳龍安《創造思考教學》，臺北市：師大書苑公司，1998 年。

陳龍安《創意的 12 把金鑰匙：為孩子打開一扇新窗》，新北市：心
　　　理出版社公司，2014 年。

曾祥芹主編《文章閱讀學》，鄭州市：大象出版社，2009 年。

雷淑娟《文學語言美學修辭》，上海市：學林出版社，2004 年。

奧斯朋，邵一杭譯《應用想像力》，臺北市：協志工業叢書出版公
　　　司，1964 年。

董崇選《文學創作的理論與班課設計》，臺北市：黎明文化事業公
　　　司，1990 年。

董　奇《兒童創造力發展心理》，臺北市：五南圖書出版公司，
　　　1995 年。

楊　照《故事效應：創意與創價》，臺北市：九歌出版社，2010 年。

黃永武《中國詩學：鑑賞篇》，臺北市：巨流出版社，1976 年。

黃永武《中國詩學：設計篇》，臺北市：巨流出版社，1977 年。

黃永武《詩與美》，臺北市：洪範書店公司，1984 年。

黃永武《字句鍛鍊法》，臺北市：洪範書店公司，1986 年。

黃正鵠、周甘逢《兒童創造能力培育活動手冊》，高雄市：復文圖
　　　書出版社，1986 年。

黃英雄《編劇高手》，臺北市：書林出版社，2003 年。

黃雅歆《自我、家族（國）與散文書寫策略：臺灣當代女性散文論
　　　著》，臺北市：文津出版社公司，2013 年。

黃維樑《清通與多姿──中文語法修辭論集》，臺北市：時報文化
　　　出版社，1984 年。

黃慶萱《修辭學》（增訂三版），臺北市：三民書局，2003 年。

裘錫圭《文字學概要》，臺北市：萬卷樓圖書公司，1991 年。

劉仲林《中國創造學概論》，天津市：天津人民出版社，2001 年。

劉昌元《西方美學導論》，臺北市：聯經出版事業公司，1986 年。

劉昌元《文學中的哲學思想》，臺北市：聯經出版事業公司，2002
　　　年。

劉若愚《中國詩學》，臺北市：幼獅文化出版社，1977 年。

劉勵操《寫作方法一百例》，臺北市：萬卷樓圖書公司，1986 年。

廖卓成《童話析論》，臺北市：大安出版社，2002 年。

廖卓成《兒童文學──批評導論》，臺北市：五南圖書出版公司，
　　　2011 年。

葉玉珠《創造力教學──過去、現在與未來》，臺北市：心理出版
　　　社公司，2006 年。

鄭明娳《現代散文構成論》，臺北市：大安出版社，1989 年。

鄭頤壽《文藝修辭學》，福州市：福建人民出版社，1993 年。

鄭毓瑜《連類引喻：文學研究與關鍵詞》，臺北市：聯經出版事業
　　　公司，2012 年。

簡　娟《水問》，臺北市：洪範書店公司，1985 年。

簡　娟《只緣身在此山中》，臺北市：洪範書店公司，1986 年。

簡　娟《夢遊書》，臺北市：大雁書店公司，1991 年。

簡　娟《老師的十二樣見面禮》，新北市：印刻文學生活雜誌出版
　　　公司，2007 年。

簡　嫃《誰在銀閃閃的地方，等你》，新北市：印刻文學生活雜誌
　　　出版公司，2013 年。

簡政珍《電影閱讀美學》（增訂版），臺北市：書林出版社，2003 年。

隱　地《漲潮日》，臺北市：爾雅出版社，2000 年。

隱　地《我的宗教我的廟》，臺北市：爾雅出版社，2001 年。

隱　地《人人都有困境，讀一首詩吧》，臺北市：爾雅出版社，
　　　2010 年。

隱　地《一棟獨立的台灣房屋及其他》，臺北市：爾雅出版社，
　　　2012 年。

隱　地《隱地看電影》，臺北市：爾雅出版社，2015 年。

關紹箕《實用修辭學》，臺北市：遠流出版公司，1993 年。

羅林森《創意激盪》，臺北市：天下文化出版公司，1995 年。

賴聲川《賴聲川的創意學》，臺北市：天下雜誌公司，2006 年。

蕭　蕭《現代詩創作演練》，臺北市：爾雅出版社，1991 年。

蕭　蕭《現代詩遊戲》，臺北市：爾雅出版社，1997 年。

蕭　蕭《蕭蕭教你寫詩、為你解詩》，臺北市：九歌出版社，2001
　　　年。

蕭　蕭《新詩體操十四招》，臺北市：二魚文化公司，2003 年。

龍協濤《文學閱讀學》，北京市：北京大學出版社，2004 年。

顏藹珠、張春榮《英語修辭學（一）》，臺北市：文鶴出版社，1992
　　　年。

顏藹珠、張春榮《英美名詩欣賞》，臺北市：文鶴出版社，1996 年。

顏藹珠、張春榮《英語修辭學（二）》，臺北市：文鶴出版社，1997
　　　年。

顏藹珠、張春榮《英美文學名著選讀》，臺北市：文鶴出版社，
　　　1998 年。

顏藹珠、張春榮《英美文學名著賞析》，臺北市：文鶴出版社，
　　1999 年。
饒見維《創造思考訓練：創思的心理策略與技巧》，南京市：南京
　　大學出版社，2007 年。

語文教學叢書 1100A01

語文領域的創思教學

作　　者	張春榮
責任編輯	吳家嘉
特約校稿	林秋芬
發 行 人	陳滿銘
總 經 理	梁錦興
總 編 輯	陳滿銘
副總編輯	張晏瑞
編 輯 所	萬卷樓圖書股份有限公司
排　　版	林曉敏
印　　刷	百通科技股份有限公司
封面設計	百通科技股份有限公司
發　　行	萬卷樓圖書股份有限公司

臺北市羅斯福路二段 41 號 6 樓之 3
電話 (02)23216565
傳真 (02)23218698
電郵 SERVICE@WANJUAN.COM.TW
大陸經銷　廈門外圖臺灣書店有限公司
電郵 JKB188@188.COM

ISBN 978-957-739-948-9
2015 年 9 月初版一刷

定價：新臺幣 300 元

如何購買本書：

1. 劃撥購書，請透過以下郵政劃撥帳號：
   帳號：15624015
   戶名：萬卷樓圖書股份有限公司

2. 轉帳購書，請透過以下帳戶
   合作金庫銀行　古亭分行
   戶名：萬卷樓圖書股份有限公司
   帳號：0877717092596

3. 網路購書，請透過萬卷樓網站
   網址 WWW.WANJUAN.COM.TW

大量購書，請直接聯繫我們，將有專人為您服務。客服：(02)23216565 分機 10

如有缺頁、破損或裝訂錯誤，請寄回更換

國家圖書館出版品預行編目資料

語文領域的創思教學 ／ 張春榮著.
-- 初版. -- 臺北市：萬卷樓, 2015.09
　面；　公分. -- (語文教學叢書)

ISBN 978-957-739-948-9 (平裝)

1.語文教學　2.創造思考教學

800.3　　　　　　　　　　104015266